钱志熙
刘青海
著

诗词写作常识
增订版

诗词写作常识

中国出版集团有限公司

华文出版社

图书在版编目（CIP）数据

诗词写作常识 / 钱志熙，刘青海著. -- 北京 : 华文出版社, 2024.8. -- ISBN 978-7-5075-5672-8

Ⅰ. I207.21

中国国家版本馆CIP数据核字第20249R3U92号

诗词写作常识

作　　者：	钱志熙　刘青海
责任编辑：	吴文娟
出版发行：	华文出版社
地　　址：	北京市西城区广安门外大街305号8区2号楼
电　　话：	总编室 010-58336239　发行部 010-58336267
	责任编辑 010-58336192
邮政编码：	100055
网　　址：	http://www.hwcbs.cn
经　　销：	新华书店
印　　刷：	三河市航远印刷有限公司
开　　本：	889mm×1194mm　1/32
印　　张：	6.875
字　　数：	120千字
版　　次：	2024年8月第1版
印　　次：	2024年8月第1次印刷
标准书号：	ISBN 978-7-5075-5672-8
定　　价：	58.00元

版权所有，侵权必究

序

诗之道广，言志抒情也；诗之事专，体制格律也。体制格律，必依于前人；言志抒情,则本于内心。用世则美刺讽喻，为己则吟咏情性。本此以学诗词，大端不离。至于摹景状物之工，抽思寻绪之精，寻章琢句，妃白俪黄，则所谓艺事也！

此书所谓常识，大约重在体制、声律诸项，而稍推之于法度、宗旨，以体制、格律可言常识，而法度、宗旨实无常识可言。然即体制、格律，仅可言常识乎？子美云"老去渐于诗律细"，又云"别裁伪体亲风雅"，则岂止常识而已！

诗可学乎？诗不依于学乎？风、骚尚矣，其所本渺不可寻，风发于歌谣讴咏，而骚则自铸伟辞，然臆测风骚亦非毫无所本。汉魏文人诗出乎乐府，而取则风骚；晋宋出汉魏而拘，齐梁变晋宋而靡，唐人澄清乎齐梁绮靡，重返于汉魏风骨，近于风骚。然唐人于诗之学与不学，未尝芥蒂于心也。宋人学唐而自信，亦未芥蒂于学与不学也。至元、明、清，方芥蒂于学与不学，而唐宋之争，格调、性灵之辩，各祖其左右，若不容同席而坐，并世而存矣！然予观明、清人诗，宗派虽有不同，而面目则大抵相近也！诗本情志，情志自然，岂须学乎？诗存体制格律，必依于前人，则诗岂不必学？故诗之道，以不学为本，以学为事也。至若处今之世，学术荒落，艺事芜蔓，则应以倡学古为主！执于一端，未必曰是，然亦不得已也！

此书旧应"诗词中国"普及系列丛书而作，今华文再版，略加修订，前后皆得包岩女士督促。又问世以来，多蒙同仁鼓励，言略有可取，授诗者或用教资！夫诗学深广精微，诗道亦如佛法，穷劫难以言尽，著者学术粗疏，且不无谬误！诚所望于世之高明者也！

甲辰年春杪东瓯钱志熙于京郊风雅园

目 录

体裁篇 / 01

   1. 何为古体诗　/ 03

   2. 何为近体诗　/ 04

   3. 近体诗的格律是怎样的　/ 06

   4. 何为绝句？绝句有几种主要的分类　/ 06

   5. 五言绝句和七言绝句在风格上有什么不同的追求　/ 08

   6. 何为古绝？何为律绝　/ 10

   7. 何为律诗？分为哪几类　/ 11

   8. 何为排律　/ 13

   9. 何为歌行　/ 15

   10. 何为乐府　/ 17

   11. 何为词　/ 18

   12. 何为令、引、近、慢？何为小令、中调、长调　/ 20

   13. 何为散曲　/ 22

声律篇　/ 27

　　1. 何为四声、平仄　　/ 29
　　2. 四声和普通话四个声调的对应关系是怎样的　　/ 30
　　3. 五言律诗的平仄格式有几种　　/ 31
　　4. 七言律诗的平仄格式有几种　　/ 34
　　5. 何为相对律、相粘律　　/ 37
　　6. 五言律绝的平仄格式有几种　　/ 40
　　7. 七言律绝的平仄格式有几种　　/ 43
　　8. 为什么说"平平仄平仄"是一种特殊的平仄
　　　　格式　　/ 45
　　9. 何为"一、三、五不论，二、四、六分明"　　/ 47
　　10. 何为犯孤平　　/ 48
　　11. 何为三平调　　/ 49
　　12. 何为拗、救？有几种常见的拗、救方式　　/ 50
　　13. 何为词律　　/ 53
　　14. 何为词谱　　/ 55

用韵篇　/ 57

　　1. 何为押韵　　/ 59

2. 《切韵》是怎么产生的　　/ 60

3. 《广韵》是怎么产生的　　/ 61

4. 何为平水韵　　/ 62

5. 近体诗怎样押韵　　/ 64

6. 古体诗怎样押韵　　/ 67

7. 何为邻韵通押　　/ 69

8. 古诗如何换韵　　/ 73

9. 何为柏梁体　　/ 76

10. 歌行如何用韵　　/ 77

11. 何为宽韵，何为窄韵　　/ 79

12. 何为词韵　　/ 80

13. 《词林正韵》　81

14. 何为曲韵　　/ 88

15. 如何理解旧韵与实际的语音系统不合的问题？

　　何为新声新韵　　/ 89

对仗篇　/ 93

1. 诗词中对仗的发展源流如何　　/ 95

2. 对仗有哪些基本要求　　/ 97

3. 关于对仗的类型有哪些说法　　/ 99

4.何为工对？何为宽对　　/ 101

5.何为流水对　　/ 105

6.何为隔句对　　/ 108

7.何为当句对　　/ 110

8.何为借对　　/ 112

9.近体诗使用对仗有哪几种情况？　115

10. 何为偷春格　　/ 120

11. 何为蜂腰格　　/ 122

法度篇　　/ 125

1. 何为诗法　　/ 127

2. 为何写诗要讲究锤炼　　/ 128

3. 怎样炼字？何为诗眼？　130

4. 何为章法　　/ 133

5. 何为起承转合　　/ 136

6. "填词"是怎么回事　　/ 141

7. 制散曲怎样处理好雅俗的关系　　/ 143

宗旨篇　　/ 147

1. 何为言志说　　/ 149

2. 何为情性说　／150

3. 何为讽谕说　／153

4. 何为比兴？何为兴寄说　／156

5. 何为风骨　／159

6. 何为兴象　／161

7. 何为诗境？何为境界？何为意境　／163

8. 何为婉约？何为豪放　／170

附录：对联的格律与技巧　／175

附录：《平水韵》表　／188

参考书目　／208

体裁篇

1. 何为古体诗？

古代诗歌史上古体与近体的分流，始于南齐时期永明体的出现，至初唐近体完全定型，古体与近体作为唐诗的两种体裁也完全区别开来了。

对唐人来说，古体诗是学习汉魏六朝五言诗的体制与风格，没有声律与对仗方面的固定要求。所以相对于近体来说，古体诗在形式上是比较自由的。这种自由主要表现在：（1）用韵上，古体诗是既可以用平声韵，也可以用仄声韵的；而近体诗只能用平声韵；（2）古体诗不需要遵守近体诗的平仄格式。

因为产生于近体之前，唐人称其为"往体诗"或古体诗，也有称为古风的。"古风"这个名称，是有其历史演变的。唐人称为"古风"，多是指学习汉魏六朝，具有兴寄精神的五言古体诗。与此相对，一般的古体诗则称"古体"。但元明以后，也有称七言歌行为"古风"的。其与原初的概念有所不同。

古体诗按每一诗句的字数，可大致划分为五言古体和七言古体。杂言诗也包含在七言古诗中。古人也有把四言诗称为古诗的，但是从源流上看，四言诗和我们这里所说的古体诗不是一个系统，还是单独列为一类比较合适。《诗经》和后世文人写作的四言诗，在现在的诗歌史里面，一般直接称为四言。当然，杂用四言的杂言诗仍归于歌行范畴。

对于唐宋的诗人来讲，古体、乐府体原本都是汉魏六朝的诗体，他们自己当代的诗体是近体。但是，由于复古及崇尚讽喻比兴、注重诗歌的内容价值等思想，在唐宋诗坛上复古的思想反而占主流。因此，唐宋人十分重视古风、古体与古乐府，而古体这个体裁系统也因此从汉魏六朝一直延续到唐宋元明清。当代诗坛的古体诗写作，也是这个传统的延续。不过，当代诗坛的古体诗是比较衰落的。古体诗虽然不讲格律，用韵也比较自由，但在语言艺术上有特殊的要求，并且无格律可循，学习起来反较近体为难。

2. 何为近体诗？

近体诗即唐代的格律诗，有时也简称律诗，与今人使用的"律诗"概念微有不同，今人所说的"律诗"专指五律与七律。唐人称律诗，包括近体诗的所有体裁，如《白居易集》《元稹集》中的近体，都标以"律诗"之目。至于"近体"这一名称，似亦起于唐代，如元稹《唐故工部员外郎杜君墓系铭》说当时注重古体诗的诗人："莫不好古者遗近"，这里的"近"指的就是近体。元稹又有《见人咏韩舍人新律诗因有戏赠》"喜闻韩古调，兼爱近诗篇"。"古调"即古体，"近诗篇"即近体。称格律诗为近体，是因为这种讲究声律、对偶的声律体出于齐梁，于唐人的时代较近，所以称其为近体，亦即近代之体或新近流行之体的意思。但我们迄今还没有发现唐人使用"近体"的例子。今所见的"近体"一词，多为宋、明人之语，如宋人李之仪《谢人寄诗并问诗中格目小纸》说道："近体见于唐初，赋平声为韵，而平侧协其律，亦曰律诗。"近体诗，唐人也称其为今体诗，如中唐诗人张籍《酬秘书王丞见寄》："今体诗中偏出格，常参官里每同班。"这里的"今体诗"就是近体诗。

近体诗是与唐人同时使用的古体、歌行体等传统体裁相对的一种体裁。它对一首诗的句数，每句的字数，一个句子内部以及句与句之间的平仄、句末的押韵都有比较严格的规定。近体在句数、声律和押韵上的规格都较古体要更严格，但随着它的普及，很快就成为唐宋诗坛上最流行的体裁。唐宋以后的历代，近体也一直是文人使用的最主要的诗体。当今诗坛上的旧体诗写作，主要使用近体诗的体裁，正是这个传统的自然延续。在语言使用方面，近体与古体是有所区别的。唐宋人的古体，语言风格趋于古朴、古雅、古奥，而近体的语言风格则趋于流行与平易，更接近唐人实际使用的语言。尤其是近体中的五、七言绝句，由于多用于燕乐声歌，传唱于口耳之际，所以它的语言风格是唐诗诸体中最为通俗流行的，有大量口语成分。

近体诗的体裁，可以分为绝句和律诗两大类。具体的体制，有五绝、七绝、五律、七律和五排（五言排律）、七排（七言排律）。

3. 近体诗的格律是怎样的？

近体诗的格律，简单地说，就是（1）每首诗句数固定（排律除外）；（2）每句诗字数固定为五、七言体；（3）一般只押平声韵，且不许换韵，韵脚的位置固定；（4）每句各字的平仄有规定；（5）五七言律诗的中间两联原则上必须对仗。关于近体诗的格律，在声律篇、用韵篇和对仗篇中还会有详细的介绍。

4. 何为绝句？绝句有几种主要的分类？

绝句，又称截句。"绝句"名称的由来，明清人多已不清楚。因此有称绝句为"截句"，认为它是截律诗的一半而成，近今人作绝句，有时还冠以"截句"之名。但从发展的历史来说，绝句的出现早于律诗，所以说绝句是截句，是不太准确的。

清人赵翼等在翻阅史书时发现，"绝句"一名起于晋宋之际。后来学者对此继续探讨，得出结论：绝句之名，出于南朝晋宋间联句的作诗方式。有时几个人一起写一首，每人四句，叫做联句。现存的陶渊明诗中，就有陶渊明与愔之、循之一起作的《联句》诗。如果联句无法继续下去，首唱的四句就叫绝句，又叫断句。这原本是消极的结果，但当时人发现这种绝句，也可单独成一体，而且别具韵味。南朝诗题中，每见"联绝"这样的词，即是指联句与绝句。当然这是绝句名目的由来，也是绝句体的一种来源。

绝句更早的起源，可以追溯到汉乐府中的四句短歌，后人将其称为"古绝句"。后来的吴声、西曲，其主要的体制也是五言四句，并且在实际的发展中对唐人绝句产生了直接的影响。所以，唐人绝句实有源出于吴声、西曲的乐府体和出于文人联绝之体的徒诗体两种。前者唐人一般都是直接用乐府题，如《长干行》《从军行》《长信秋词》之类；后者则标以绝句之目，属徒诗体。杜甫、白居易诗集中标以绝句之目的，都属徒诗之体。唐以后的人，对这个源流不清楚了，概以绝句来指称所有的五言四句、七言四句的作品。

绝句在唐代是可以歌唱的。为后人津津乐道的旗亭画壁的故事，讲的就是开元年间，盛唐诗人王昌龄、高适、王之涣三位同在旗亭（酒楼）上听乐人唱诗以赌胜负的故事。诸乐人所唱诗四首——王昌龄《芙蓉楼送辛渐》《长信秋词》，高适《哭单父梁九少府》，王之涣《凉州词》，都是律绝（近体绝句）。在长短句的词流行之前，五、七言绝句是唐代歌词的主要体裁。唐代法曲、大曲，也多使用绝句，至宋代才转为长短句之体。所以，古人如王渔洋，即认为唐三百年的绝句，是唐代真正的乐府诗。绝句在唐代的流行，也与此有关系。

5. 五言绝句和七言绝句在风格上有什么不同的追求？

在绝句的发展史上，五言绝句和七言绝句的发展并不是完全同步的，而是沿着各自的路径向前发展。在这样的发展过程中，形成了它们自己独有的一些风格趣味和审美追求。古人对此多有论述，其中以明代诗论家胡应麟的论述最为精到。下面这一段，就是胡震亨《唐音癸签》一书中所引述的胡应麟评五七言绝：

五言绝尚真切，质多胜文。七言绝尚高华，文多胜质。

五言绝昉于两汉，七言绝起自六朝，源流迥别，体制自殊。至意当含蓄，语务春容，则二者一律也。

胡氏又云：

顾华玉云："五言绝以调古为上乘，以情真为得体。"调古则韵高，情真则意远。华玉标此二者，则雄奇俊亮，皆所不贵。论虽稍偏，自是五言绝第一义。

也就是说，五言绝追求言情真挚，文字朴质一点也无妨，朴质处亦是动人处，而以调古意高为第一义。我们看初盛唐的五绝，尤其是五言古绝，多以质直之语结句，直言其情，少作兴托之语。而七言绝则追求风调高华，要特别讲究措辞的优美，多为兴托之语，贵有意象。而在表达的含蓄和措语的从容上，二者又具有共同的特点。

从诗歌史来看，五言绝句的风格比较稳定，唐以后发展不是特别大。七言绝句虽然传统上以盛唐的高华、风神为正宗，但自中唐以降，七绝的风格是不断的发展、变化着的。它的题材领域，也在不断的开拓中。

在近体各体中，绝句可以说是渊源最为久远，而生命力又最为旺盛的一种体裁。绝句与民间歌曲、歌谣之间，也是相互影响的。唐人绝句，受到当时歌谣杂曲的影响，而后世民间的歌曲，又多采用文人中流行的七绝体。这一点，对于我们当代的绝句写作，是有一定参考价值的。

6. 何为古绝？何为律绝？

以近体诗的格律为标准，绝句又可以分为律绝和古绝两种。合乎近体诗的格律标准的，称为律绝。和律绝相对的是古绝，一般用来指称近体诗的格律还没有定型之前的绝句。唐初随着律体的定型，绝句也开始格律化，五七言律绝的写作越来越普遍，成为唐代最为流行的一种诗体。古绝不讲究平仄，押韵也是可平可仄。自律绝盛行后，为了区别起见，唐宋人的古绝多押仄韵。

五言律绝是合乎近体诗格律的五言四句体，如王维《相思》："红豆生南国，秋来发故枝。愿君多采撷，此物最相思。"李白《独坐敬亭山》、王之涣《登鹳雀楼》[①]等都是唐人五言律绝的名篇。

七言律绝是合乎近体诗格律的七言绝句，如李白《望天门山》："天门中断楚江开，碧水东流至北回。两岸青山相对出，孤帆一片日边来。"盛唐七绝是唐诗中的瑰宝，名家

[①] 一作朱斌诗，题作《登楼》。

辈出，名篇很多。

五七言律绝之外，唐宋时期还有一些诗人也创作六言律绝，例如王维的《田园乐七首》，可以说是唐代六言绝的代表作。其第四首："萋萋春草秋绿，落落长松夏寒。牛羊自归村巷，童稚不识衣冠。"宋代王安石、黄庭坚等人也写作过很出色的六绝。南宋刘克庄选唐宋绝句，曾选六言绝句一体，并称其"尤难工"。其实六绝也是源出于乐歌"三台令"之类，与词中的六言实为一源。六绝始终没有流行，今天更近乎绝句。但作为一种特殊的体裁，今人也未尝不可尝试。

古绝也可以按照每一句的字数不同，分为五言古绝和七言古绝。古绝不属于近体诗系统。创作古绝与写作古体诗一样，也要讲究特殊的风格，不是只要不合律就可以称为古绝的。今人如写作古绝，也以押仄韵为好。不然的话，难以与律绝区别开来，会被人误认为不合格律。

7. 何为律诗？分为哪几类？

律诗每首八句，有五言律诗和七言律诗之分。

五言律诗是指合乎格律的五言八句体，如杜甫《春夜喜雨》：

> 好雨知时节，当春乃发生。
> 随风潜入夜，润物细无声。
> 野径云俱黑，江船火独明。
> 晓看红湿处，花重锦官城。

所谓合乎格律，就律诗而言，就是押平声韵，每句的平仄符合规定，每篇中间两联必须对仗。五言律诗定型于初唐沈宋之手，到初唐四杰那里已经成熟，是唐人近体诗的核心体裁之一。初盛唐的五律代表着五律的正宗风格，以兴象高华、自然神韵为最高境界。晚唐的贾岛、姚合，宋代的永嘉四灵，也都着力于五律体裁，注重苦吟锤炼、磨镌意象，也是写作五律可以取法的。

七言律诗是指合乎格律的七言八句体，如王维《和贾至舍人早朝大明宫之作》：

> 绛帻鸡人报晓筹，尚衣方进翠云裘。
> 九天阊阖开宫殿，万国衣冠拜冕旒。
> 日色才临仙掌动，香烟欲傍衮龙浮。
> 朝罢须裁五色诏，佩声归到凤池头。

七律体制定型约在唐中宗景龙年间，与五律成熟的时间大致相近。但七律在艺术上的发展，整体上晚于五律。盛唐诸名家如祖咏、李颀、高适等多有名作传世，至王维所作渐多，至杜甫蔚为大国。杜甫对七律作出巨大的发展，风格多样，题材广阔，奠定了后世七律写作的基本规范。历代诗人中，李商隐、黄庭坚、元好问等人，都是七律大家。七律难学而易工，其风格较五律更为多样，成就更易，今人写作近体，当以七律为必学之体。

8. 何为排律？

律诗除五律和七律之外，还有排律。排律就是句数超过八句的律诗。按照句子的长短，也可以再细分为五言排律和七言排律。

七言排律写作的人较少，杜甫集中有数首，后世罕作。如杜甫《清明二首》（其二）是一首六韵十二句的七言排律：

> 此身飘泊苦西东，右臂偏枯半耳聋。
> 寂寂系舟双下泪，悠悠伏枕左书空。
> 十年蹴鞠将雏远，万里秋千习俗同。
> 旅雁上云归紫塞，家人钻火用青枫。
> 秦城楼阁烟花里，汉主山河锦绣中。

风水春来洞庭阔,白蘋愁杀白头翁。

五言排律初唐沈宋集中已有,到杜甫艺术上已经成熟。杜甫五排,多用于酬赠,往往于题中标明韵数,如《寄李十二白二十韵》:

昔年有狂客,号尔谪仙人。
笔落惊风雨,诗成泣鬼神。
声名从此大,汩没一朝伸。
文彩承殊渥,流传必绝伦。
龙舟移棹晚,兽锦夺袍新。
白日来深殿,青云满后尘。
乞归优诏许,遇我宿心亲。
未负幽栖志,兼全宠辱身。
剧谈怜野逸,嗜酒见天真。
醉舞梁园夜,行歌泗水春。
才高心不展,道屈善无邻。
处士祢衡俊,诸生原宪贫。
稻粱求未足,薏苡谤何频。
五岭炎蒸地,三危放逐臣。
几年遭鵩鸟,独泣向麒麟。

苏武先还汉，黄公岂事秦。
楚筵辞醴日，梁狱上书辰。
已用当时法，谁将此义陈。
老吟秋月下，病起暮江滨。
莫怪恩波隔，乘槎与问津。

中唐诗人元稹、白居易衍为长篇，竟有长达一百韵的，如白居易《代书诗一百韵寄微之》，长达一千字。唐人科举考试时所试诗歌也属排律，则是五言十二句的短篇，又称试律诗。

但排律这个名目，是后世才有的，唐人将其与五律和七律一起，统称为律诗。最早将排律单列的，是元人杨士弘《唐音》一书，后世沿用之。但排律对声律和词藻的要求很高，不容易做好，所以少有名篇。

此外，还有六句的律诗，称为三韵小律。五言的三韵小律只有三十个字，七言的四十二个字。这一体写作的人更少。

9. 何为歌行？

歌行体是古体诗的一种，形式比较自由、句子长短参差不齐是它在形式上的重要特征。它渊源于唐以前的古乐府，诗歌标题上常标以"歌""行",用韵上平仄不拘且可以比较自由地换韵。歌行起源于乐府,唐以前文人之作有曹丕《燕歌行》、鲍照《拟行路难》等,梁陈之际,所作渐多,并且隔句押韵、转韵等体制特点也确定下来了,唐继承此体加以发展。

唐人歌行在初唐四杰手中已经成熟,卢照邻《长安古意》、杨炯《从军行》都是初唐歌行的名篇。歌行发展到盛唐,艺术上更可谓登峰造极,李白《将进酒》《蜀道难》等作,最能代表唐代歌行的成就。杜甫也大量创作歌行体,风格题材上都有突破,尤其是写实功能的加强。到了中唐,白居易的《长恨歌》《琵琶行》等作品,加强了叙事的功能。唐宋以后,歌行仍代有名篇,清人吴伟业《圆圆曲》即是其中之一。

歌行体在当今诗坛上仍为广泛的使用,主要是因为他的体制比较自由,且长于叙事、议论。并且古代白话小说中,多用歌行体渲染气氛、评点人物、概括情节。所以对于大多数诗歌爱好者来说,歌行也是比较熟悉的体裁。唐宋歌行,在语言上与绝句有一相似特点,即语言比较通俗。这也是歌行体的一个特点。但今人写歌行,基本上还是应该用浅近文言来写的,不宜过于白话,以免与弹词、说唱混淆。

10. 何为乐府?

乐府本是掌管音乐的官署名称。汉代雅乐缺失,郊祀无曲,武帝立乐府,"采诗夜诵,有赵、代、秦、楚之讴"(《汉书·礼乐志》)。东汉置黄门乐府,新声俗曲不断增加。这些诗歌通过《宋书·乐志》等文献流传到后世,是乐府的原创作品,后世称其为"乐府古辞"。

两晋南北朝时期,南方与北方都出现新的乐府歌曲,其中尤其以东晋以来流行的吴声、西曲和北朝乐府民歌为大宗,总称南北朝乐府民歌,或称南北朝乐府新声。这是继汉乐府之后新的乐府歌曲,也为后世文人所模拟学习。

另一方面,从曹魏时代开始,文人就按照汉乐府的曲调写作乐府诗。这是后世文人乐府诗的开端。文人乐府开始也多入乐,但从曹植、陆机开始多不入乐,是为拟乐府的开始。两晋南北朝至唐代,拟乐府一直是诗歌中的重要品种。它的特点是采用乐府的旧曲题,在语言、风格、题材等方面也与旧曲有各种各样的联系。拟乐府唐人又称"古乐府",或"古题乐府"。凡不用乐府旧曲,自创新题,同时形式上模仿歌曲体制的,则称为新题乐府,即新乐府。其中元、白等人提倡的"即事名篇,无复依傍"的新乐府流派,是文人乐府中最具现实精神的一派。

拟乐府虽然以模拟古辞为要点，但唐宋以来，流派、作法也很多。其中的一种，是寓意古题，而刺美今事的，即使是在今天的诗坛，也还可以尝试。写作拟乐府与写作歌行不一样，必须得用古乐府题目，并且在写作前要熟悉原作的风格与语言特点。

需要注意的是，乐府的本义是乐章歌词，所以唐人入乐的五七言绝句、唐宋词、金元戏曲，都曾被以乐府之名。但我们这里所说的作为古近体诗系统中一个品种的乐府诗，是指汉乐府古辞、南北朝乐府歌曲（吴声、西曲、横吹曲辞之类）以及文人以上述诸类为模拟对象的拟乐府等一起构成的一个系统。

11. 何为词？

词又称为曲子词、长短句、诗余。词是晚唐五代兴起的一种新的文学样式。它的产生，和音乐有特别紧密的关系。一般我们认为，早期的词都是配合宴乐乐曲而填写的歌词，曲指曲调，词指文辞。所谓曲子词，就是配合音乐演唱的歌辞。宋人又称词为歌词、乐章，也都是强调词的音乐性质。但后来曲子词、歌词这些名称都简化为词了。这种在称呼上的省略也说明了词作为一种独立的诗体而逐渐脱离音乐的事实。

从形式上看，词的句子大多长短不齐，所以又叫做长短句。另外，词是后起的，且多写作于宴饮娱乐之际，可以说是一种新的文化消费产品，在古人那里，它的地位是不如诗的，所以又叫"诗余"。现存宋人词集题名为"诗余"的有二十余部，一定程度上反映了宋人诗尊词卑的文体观念。

宋人虽不甚推尊词体，但由于宋代士大夫修养很高，又多染指于词的创作，词体在宋代得到了迅速的发展，词体写作方面的大家、名家辈出，词也就成为宋人在文学方面最有代表性的成就之一。所以我们说诗，总是标榜唐诗；而谈到词，则推宋词，正是这个缘故。宋以后，词在历代的创作也一直不衰，到了晚清近代，还涌现出一大批具有很高成就的词人，这正说明了词体在艺术上的活力。

词以宋人为宗。宋词又分为北宋词、南宋词两种，清及近今词坛如常州词派多取法五代、北宋，浙西词派多取法南宋姜夔、张炎一派。宋词又有婉约、豪放两流。婉约尚律而婉切，长于本色，唯取材、风格近于保守，尊之过甚，易流于千篇一色，陈陈相因。豪放多有突破乐章本色，取材、风格多变化开拓，崇之过度，亦易流于粗犷、槎枒。宋词之后，元明时期，词、曲两体有所混淆，不足取法。清词成就突出，为宋词外另一可取法对象。

体裁篇 | 19

12. 何为令、引、近、慢？何为小令、中调、长调？

词体是由众多词调构成的。这些词调根据其原本的乐曲类型，分为令、引、近、慢四种。

令又称小令，其名称来自唐代的酒令。唐人于宴会上利用当时流行的时调小曲即席填词，称为令曲，又称小令。白居易有"醉翻衫袖抛小令"（《就花枝》）的诗句。"令"原本是行酒时"酒令"的意思。用歌曲来行酒令，叫做"打令"，宋代陈元靓《事林广记》中还记载"打令"的范本。小令是曲子词中最先流行的。晚唐五代之际，文人词中流行的主要是小令，《如梦令》《三台令》之类。其单调多为二均拍至三均拍（丘琼荪），双叠倍之。令词的写作，与五、七言绝句有血缘关系，其平仄声律也仿自绝句，艺术的风格以短篇取胜，要用最简约、通俗的语言，表现出丰富的诗意，结尾声韵悠扬，含蓄不尽。

引原为乐府中曲调名，主要属于琴曲类的，如吴兢《乐府古题要解》所载有《走马引》，又载《公无渡河》（原名《箜篌引》），刘宋诗人惠休《秋思引》等。元稹《乐府古题序》所列诗歌名目中，也有"引"这一类。唐宋大曲的名目中有"引歌"一类，是在大曲中的首段"序"或"散序"之后。词调多来自大曲，"引"之名目当亦来自大曲中的序曲、散序（夏承焘）。序与引，其意正同。从大曲中独立出来的序曲，仍保留着引的体制与名目。以引为名的词调，有《柘枝引》《婆罗门引》等。还有一种说法，是说"引"的意思，是将小令稍稍引长之。引词的歌章规模比令词要长，自六均至八均拍（丘琼荪）。

近，又称近拍，如《隔浦莲近拍》《快活年近拍》《郭郎儿近拍》等（夏承焘）。一说近谓音调相近（丘琼荪）。近的歌曲规模与引差不多，都是六均拍至八均拍（丘琼荪）。在创作上，引、近与小令的发展，差不多是同时的。

慢，又称慢曲。慢曲是与急曲子相对而言的，敦煌琵琶谱中，往往一个调子有急曲与慢曲之分。慢曲大部分是长调，因为声调延长，词句也跟着加长（夏承焘）。引而愈长则为慢，又有曼声永歌的意义，如《浪淘沙慢》《扬州慢》等，双叠者自八均拍至十二均拍，三叠者自十均拍至十六均拍（丘琼荪）。慢词的产生并不后于小令等类，但文人大量创作慢词，是从柳永开始的。我们也可以说，文人词独特风格的形成，慢词起了很重要的作用。令、引、近三类，句式还是五、七言为主，风格也与绝句、律诗有些接近。词体的艺术特征的充分展现，则是在慢词一体之中。

令、引、近、慢是根据词的乐曲体制划分的，也可以说是词体诸调中最合理的类目。在词调的分类上，后来还有小令、中调、长调的说法。这是明清人对词调的分类方式，完全是依照词体中各调的字数来分的。清毛先舒《填词名解》谓："五十八字以内为小令，五十九字至九十字为中调，九十一字以外为长调。"这种说法，受到了万树等人的批评，认为过于机械，并且有说不通的地方，如《念奴娇》又名《百字令》，按照毛先舒的标准，究竟是划归小令还是长调呢？对于一般的填词者来说，令、引、近、慢，虽然区分得很合理，但由于不是每一首词都冠以"令""引""近""慢"之目，所以一般在使用词调时难以区分。小令、中调、长调这样的说法，还是可以使用的，并且区分起来也比较直观。

13. 何为散曲？

散曲起于金、元之际的流行曲调，其中的一部分曲调与词有渊源关系。但是就音乐来讲，散曲是不同于词的一种新兴的歌曲。词在两宋时代，虽然一直没有完全脱离音乐，但文人的写作，无论在文辞上还是乐律上，都逐渐趋于典雅、精致。这在一定程度上可以说是词的乐章功能的减弱。散曲的应运而生，并且很快被文人采用，也正是因为这个原因。

散曲有小令与套曲两种。单作一支曲，叫做小令，如马致远《天净沙·秋思》；用同一宫调的多个曲牌做一套曲，叫做套曲，又叫套数，如睢景臣《般涉调·哨遍·高祖还乡》。散曲跟词一样，也是倚声填词的。文人散曲，也是讲究平仄声律的。词早期如敦煌曲子词中，也有衬字现象，如《云谣集》中的《洞仙歌》，几乎每首都用衬字，但后来的文人词不用衬字。曲的小令跟词一样，是调有定句、句有定字，字有定声的，也就是说每一个曲牌，都有固定的声律。但是曲可使用衬字，散曲中的小令使用衬字相对少一些，但也常用"了""的""儿"这些衬字。如王和卿的【仙吕】《醉中天》：

挣破庄周梦，两翅架东风。三百座名园一采个空，难道风流种？諕杀寻芳的蜜蜂。轻轻的飞动，把卖花人搧过桥东。

这一首中，就使用了好些衬字。使用衬字，及使用的多少，各个曲牌也有不同，如《天净沙》这样的曲子，基本上不使用衬字。

散曲中的套数，使用衬字比小令更多一些。衬得最多的，如关汉卿的套数【南吕】《一枝花》：

我是个蒸不烂、煮不熟、捶不匾、炒不爆、响珰珰一粒铜豌豆，恁子弟每谁教你钻入他锄不断、斫不下、解不开、顿不脱、慢腾腾千层锦套头？

这里入声律的整句，其实只有"我是一粒铜豌豆，千层锦套头"。在曲调中增加衬字，其实是曲体文白关系的体现。衬字、衬词、衬句主要是口语或说白话的部分，而曲调的固定部分，则是以文言为主。这其中体现了曲体与近体诗、词的最大不同，正在于雅俗与文白的配合。衬字、衬词、衬句如何使用，我觉得还是以元人散曲为典范来揣摹。曲原本是可唱的，元曲的衬字使用，也应该是不碍唱的。今天散曲不能唱了，如何在使用衬字时，做到文白相称、整散相配，除了匠心独运外，就是多研究元人散曲使用衬字的规律。另外杂剧、传奇是大量使用衬字、衬词、衬句的。如阮大铖《春灯谜》第三出《宴擢》中《梁州序》的几句（括弧里是衬字）：

井络天开，瞿塘地转，梅柳江山初展。锦城丝管，春来一倍喧骈。（你看）珠帘绣户，野店山扉，（都贴着）彩胜双飞燕。（想）圣人行乐处，奏虞弦，（吐）七叶仙葜傍御筵。

散曲在今人的诗歌创作中，还被比较广泛地使用。这是因为散曲比词更加接近口语,并且传统散曲中很大一部分作品,本就是民间与文人嬉笑怒骂情绪的产物。所以用来讽喻美刺,是富于效果的。但今人使用散曲,一定要注意文白、整散的关系,不要认为散曲有口语、白话的部分而随意处理。其实,从整体来说,散曲还是一种浅近文言体。近体诗、词、曲之所以在今天被看成一个旧体诗歌的体裁系统,根本上说就是因为他们是一种讲究格律的文言体诗歌。

声律篇

1. 何为四声、平仄？

语音的高低、升降、长短构成了汉语的声调。普通话有四个声调：阴平声是个高平调（不升不降谓之平）、阳平声是个中升调（不高不低谓之中）、上声是个低升调（有时是低平调）、去声是一个高降调。古代汉语也有四个声调：平、上、去、入。《康熙字典》所载《分四声法》歌诀，对四声的特点是这样描述的："平声平道莫低昂，上声高呼猛烈强，去声分明哀远道，入声短促急收藏。"这种描述不一定科学，但对我们理解传统的四声无疑是有帮助的。

平仄是一种声调的关系。仄声和平声是相对的，也就是上、去、入三声的总名。平声是长的，不升不降；而上、去、入三声都是短的，或升或降，险仄不平，所以同是仄声。沈约《宋书·谢灵运传论》形容平仄相间抑扬律时说："若前有浮声，则后须切响。"平声是浮声，上、去、入是切响。

近体诗的格律，基本上是以每两个字为一个节奏，平仄递用。例如一个诗句中，第一、二字都是平声，那么第三、四字就应该都是仄声；反之，如果第一、二字都是仄声，那么第三、四字就应该都是平声。以杜甫《登高》诗的一二句为例：

> 无边落木萧萧下，
> 不尽长江滚滚来。

这两句的平仄是：

> 平平　仄仄　平平　仄，
> 仄仄　平平　仄仄　平。

在近体诗中，这种平仄总是交替递用的规则，叫做相间律。

2. 四声和普通话四个声调的对应关系是怎样的?

古代汉语的四声和今天普通话的声调种类并不完全一样，它们之间有怎样的对应关系呢？下面分别加以简单的说明：

平声：到后代分化为阴平和阳平。

上声：其中有一部分到了后代分化为去声。

去声：到后代仍是去声。

入声：现在江浙、福建、广东、广西、江西以及北方的山西、内蒙古等省区的方言里还保留有入声。湖南的入声不再短促了，但也还保留着入声这一调类。在北方的大部分地区以及西南的口语中，入声已经消失了。在入声消失的地区，古代的入声逐渐演变派入到平、上、去三声中去了。这种现象，叫做入派三声。在不同的地区，入派三声的具体情况也是不一样的。以普通话为例，原本的入声变为去声的最多，其次阳平，上声最少。

3. 五言律诗的平仄格式有几种？

近体诗在第一句的第二字用仄声，称为仄起；用平声，称为平起。五律以仄起为正格，七律正相反。第一句的第五字为仄声，称为仄收；用平声，称为平收。

（1）仄起仄收式：

　　⑪仄平平仄，平平仄仄平。
　　⑪平平仄仄，⑪仄仄平平。
　　⑪仄平平仄，平平仄仄平。
　　⑪平平仄仄，⑪仄仄平平。

（字外加圈表示可平可仄。）

秋夜独坐

王维

独坐悲双鬓，空堂欲二更。

雨中山果落，灯下草虫鸣。

白发终难变，黄金不可成。

欲知除老病，唯有学无生。

（2）仄起平收式。和仄起仄收式相比，仅首句改为"仄仄仄平平"，其余不变：

⟨仄⟩仄仄平平，平平仄仄平。

⟨平⟩平平仄仄，⟨仄⟩仄仄平平。

⟨仄⟩仄平平仄，平平仄仄平。

⟨平⟩平平仄仄，⟨仄⟩仄仄平平。

终南山

王维

太乙近天都，连山到海隅。

白云回望合，青霭入看无。

分野中峰变，阴晴众壑殊。

欲投人处宿，隔水问樵夫。

(3) 平起仄收式:

㊥平平仄仄,㊨仄仄平平。
㊨仄平平仄,平平仄仄平。
㊥平平仄仄,㊨仄仄平平。
㊨仄平平仄,平平仄仄平。

山居秋暝

王维

空山新雨后,天气晚来秋。
明月松间照,清泉石上流。
竹喧归浣女,莲动下渔舟。
随意春芳歇,王孙自可留。

(4) 平起平收式。和平起仄收式相比,仅首句改为"平平仄仄平",其余不变:

平平仄仄平,㊨仄仄平平。
㊨仄平平仄,平平仄仄平。
㊥平平仄仄,㊨仄仄平平。
㊨仄平平仄,平平仄仄平。

送赵都督赴代州

王维

天官动将星,汉地柳条青。

万里鸣刁斗,三军出井陉。

忘身辞凤阙,报国取龙庭。

岂学书生辈,窗间老一经。

4. 七言律诗的平仄格式有几种?

(1) 平起平收式:

⊕平⊗仄仄平平,⊗仄平平仄仄平。

⊗仄⊕平平仄仄,⊕平⊗仄仄平平。

⊕平⊗仄平平仄,⊗仄平平仄仄平。

⊗仄⊕平平仄仄,⊕平⊗仄仄平平。

秋兴其六

杜甫

瞿塘峡口曲江头,万里风烟接素秋。

花萼夹城通御气,芙蓉小苑入边愁。

珠帘绣柱围黄鹄,锦缆牙樯起白鸥。

回首可怜歌舞地,秦中自古帝王州。

（2）平起仄收式。和平起平收式相比，仅第一句改为"平平仄仄平平仄"，其余不变：

⊕平⊛仄平平仄，⊛仄平平仄仄平。

⊛仄⊕平平仄仄，⊕平⊛仄仄平平。

⊕平⊛仄平平仄，⊛仄平平仄仄平。

⊛仄⊕平平仄仄，⊕平⊛仄仄平平。

野望

杜甫

西山白雪三城戍，南浦清江万里桥。

海内风尘诸弟隔，天涯涕泪一身遥。

惟将迟暮供多病，未有涓埃答圣朝。

跨马出郊时极目，不堪人事日萧条。

（3）仄起平收式：

⊛仄平平仄仄平，⊕平⊛仄仄平平。

⊕平⊛仄平平仄，⊛仄平平仄仄平。

⊛仄⊕平平仄仄，⊕平⊛仄仄平平。

⊕平⊛仄平平仄，⊛仄平平仄仄平。

曲江对雨

杜甫

城上春云覆苑墙,江亭晚色静年芳。

林花著雨胭脂湿,水荇牵风翠带长。

龙武新军深驻辇,芙蓉别殿漫焚香。

何时诏此金钱会,暂醉佳人锦瑟傍。

(4)仄起仄收式。和仄起平收式相比,仅第一句改为"㊣仄㊉平平仄仄",其余不变:

㊣仄㊉平平仄仄,㊉平㊣仄仄平平。

㊉平㊣仄平平仄,㊣仄平平仄仄平。

㊣仄㊉平平仄仄,㊉平㊣仄仄平平。

㊉平㊣仄平平仄,㊣仄平平仄仄平。

阁夜

杜甫

岁暮阴阳催短景,天涯霜雪霁寒宵。

五更鼓角声悲壮,三峡星河影动摇。

野哭千家闻战伐,夷歌数处起渔樵。

卧龙跃马终黄土,人事音书漫寂寥。

5. 何为相对律、相粘律？

所谓相对律，就是在一联之中，出句和对句的平仄应该是相对的。五律的"对"，严格地说，只有两种形式：

（1）仄仄平平仄，平平仄仄平。
（2）平平平仄仄，仄仄仄平平。

如果首句入韵（也就是说，首句的末字必须是平声），五律的首联就成为：

（1）仄仄仄平平，平平仄仄平。
（2）平平仄仄平，仄仄仄平平。

七律的"对"，严格来讲也只有两种形式：

（1）平平仄仄平平仄，仄仄平平仄仄平。
（2）仄仄平平平仄仄，平平仄仄仄平平。

如果首句入韵，七律的首联就成为：

（1）平平仄仄仄平平，仄仄平平仄仄平。
（2）仄仄平平仄仄平，平平仄仄仄平平。

所谓相粘律，就是后一联出句第二字的平仄要跟前一联对句第二字的平仄一致。具体地说，就是第三句第二字的平仄与第二句第二字的平仄相同，第五句第二字的平仄与第四句第二字的平仄相同，第七句第二字的平仄与第六句第二字的平仄相同。上面所举五七言律的平仄格式，都是符合相

声律篇 | 37

粘律的。以杜甫《阁夜》诗为例，第二句第二字"涯"字平声，第三句第二字"更"字也是平声；第四句第二字"峡"字仄声，第五句第二字"哭"字也是仄声；第六句第二字"歌"字平声，第七句"龙"字也是平声。

声律诗中的相对律，永明诗人已经明确化，所谓"欲使宫羽相变，低昂互节，若前有浮声，则后须切响。一简之内，音韵尽殊；两句之中，轻重悉异"（沈约《宋书·谢灵运传论》），就已经奠定了律诗的基本理论。但这里面还只有相对律的发现。也就是说，永明体只解决了两句之间的声律问题。两句之外的声律变化仍处于无序状态。在声律的发展过程，相粘的规律逐渐明确。到了初唐近体诗定型，相粘律才完全明确。元兢的《诗髓脑》提出"双换头"这样一个词，就是对律诗声律规则的最简核的概括。所谓双换头，就是律诗的八句，从其第三句起，构成两句一换头的形式，具体地说，以一首平起的律诗而言，截下它每句开头两字，其平仄的排列是这样的："平平，仄仄，仄仄，平平，平平，仄仄，仄仄，平平。"律诗的对粘律，也可以用这样概括：对粘对粘对粘对。这是一个具有朗诵的回环之美的声律结构。

掌握了粘对的规则，对于我们熟悉近体诗的平仄格式有很大的帮助。任何一首五七言律诗，只要知道它第一句（首联的出句）的平仄，我们就可以根据相对律，推出它的对句

（即第二句）的平仄，然后根据相粘律，推出第三句（即第二联的出句）的平仄，如此类推到第八句，整首诗的平仄也就出来了。

诗句的平仄违反了相对律，叫做失对。违反了相粘律，叫做失粘。近体诗中失对、失粘的情况是很罕见的。但是格律诗是有一个发展过程，在格律基本明确之后，守格律的程度，在不同诗人那里也是态度不同的。所以，初盛唐人的格律诗，也有小部分出现局部不合律的情况。比如：

蜀道后期

张说

客心争日月，来往预期程。

秋风不相待，先至洛阳城。

送元二至安西

王维

渭城朝雨浥轻尘，客舍青青柳色新。

劝君更尽一杯酒，西出阳关无故人。

在平仄声律上，就是一二句与三四句各自成对，只有相对，而没有相粘，其实是仍然沿用齐梁声律的作法。这类失粘的绝句，后人称为"折腰体"。这个名目，最早是由高仲武《中兴间气集》提出的。所谓折腰体，在初盛唐绝句中是比较常见的。唐人七律，偶尔也会出现失粘的情况，例如杜甫《咏怀古迹五首》其二：

摇落深知宋玉悲，风流儒雅亦吾师。
怅望千秋一洒泪，萧条异代不同时。
江山故宅空文藻，云雨荒台岂梦思。
最是楚宫俱泯灭，舟人指点到今疑。

"怅望"一联，本该用"平平仄仄平平仄"的格式，实际上是"仄仄平平平仄仄"，属于失粘。无独有偶，严武七律《寄题杜拾遗锦江野亭》也是自第三句失粘。失对的例子也有，如李白《送孟浩然之广陵》："故人西辞黄鹤楼，烟花三月下扬州。孤帆远影碧山尽，唯见长江天际流。"全篇的格律属于仄起平收式，所以首句的格律应该是"仄仄平平仄仄平"，"故人"二字也可以说是失对的。

6. 五言律绝的平仄格式有几种？

（1）仄起仄收式：

㋷仄平平仄，平平仄仄平。
㋤平平仄仄，㋷仄仄平平。

劳劳亭

李白

天下伤心处，劳劳送客亭。
春风知别苦，不遣柳条青。

（2）仄起平收式。和仄起仄收式相比，仅首句改作"仄仄仄平平"，其余不变：

㋷仄仄平平，平平仄仄平。
㋤平平仄仄，㋷仄仄平平。

塞下曲

卢纶

林暗草惊风，将军夜引弓。
平明寻白羽，没在石棱中。

（3）平起仄收式：

㋤平平仄仄，㋷仄仄平平。
㋷仄平平仄，平平仄仄平。

登鹳雀楼

畅当

迥临飞鸟上，高出世尘间。

天势围平野，河流入断山。

(4) 平起平收式。与平起仄收式相比，仅首句改作"平平仄仄平"，其余不变：

平平仄仄平，⑯仄仄平平。

⑯仄平平仄，平平仄仄平。

从军行

令狐楚

胡风千里惊，汉月五更明。

纵有还家梦，犹闻出塞声。

五言绝句，以前面两种"仄起"的格式为多。后两种"平起"的格式，末句"平平仄仄平"，唐诗中也有不少是写成"平平平仄平"的，并不特别拘泥。如王维《山中送别》："山中相送罢，日暮掩柴扉。春草年年绿，王孙归不归。"戴叔伦《题三闾大夫庙》："沅湘流不尽，屈子怨何深?日暮秋风起,萧萧枫树林。"

7. 七言律绝的平仄格式有几种?

(1)仄起仄收式:

㊣仄㊣平平仄仄,㊣平㊣仄仄平平。
㊣平㊣仄平平仄,㊣仄㊣平仄仄平。

夜上受降城闻笛

李益

回乐烽前沙似雪,受降城外月如霜。
不知何处吹芦管,一夜征人尽望乡。

(2)仄起平收式。与仄起仄收式相比,仅首句改作"仄仄平平仄仄平",其余不变:

㊣仄平平仄仄平,㊣平㊣仄仄平平。
㊣平㊣仄平平仄,㊣仄㊣平仄仄平。

长信秋词

王昌龄

奉帚平明金殿开,暂将团扇共徘徊。

玉颜不及寒鸦色，犹带昭阳日影来。

(3) 平起仄收式：
⊕平⊕仄平平仄，⊗仄平平仄仄平。
⊗仄⊕平平仄仄，⊕平⊗仄仄平平。

哭孟寂

张籍

曲江院里题名处，十九人中最少年。

今日春光君不见，杏花零落寺门前。

(4) 平起平收式。与平起仄收式相比，仅首句改作"平平仄仄仄平平"，其余不变：
⊕平⊕仄仄平平，⊗仄平平仄仄平。
⊗仄⊕平平仄仄，⊕平⊗仄仄平平。

凉州词

王翰

葡萄美酒夜光杯，欲饮琵琶马上催。

醉卧沙场君莫笑，古来征战几人回。

8. 为什么说"平平仄平仄"是一种特殊的平仄格式?

一首诗中,本可使用"平平平仄仄"句型的时候,实际上使用了"平平仄平仄"句型,这在唐人的近体诗创作中是一种很普遍的情形。我们先看两个具体的例子:

宿建德江
孟浩然

移舟泊烟渚,日暮客愁新。
野旷天低树,江清月近人。

辋川闲居赠裴秀才迪
王维

寒山转苍翠,秋水日潺湲。
倚杖柴门外,临风听暮蝉。
渡头余落日,墟里上孤烟。
复值接舆醉,狂歌五柳前。

上面两首五言诗,都是平起仄收式,首句平仄本当为"平平平仄仄"格式,实际上使用的都是"平平仄平仄"。这种情况下,五言第一字多是平声,但也有例外,如下面这

首诗的首字"昔"是一个入声字,就属于仄声:

登岳阳楼
杜甫

昔闻洞庭水,今上岳阳楼。
吴楚东南坼,乾坤日夜浮。
亲朋无一字,老病有孤舟。
戎马关山北,凭轩涕泗流。

相应地,七言"⊗仄⊕平平仄仄"句型,也可以换作"⊗仄⊕平仄平仄"。同样,七言第一字必须是平声,不再是可平可仄的了。看两个例子:

石头城
刘禹锡

山围故国周遭在,潮打空城寂寞回。
淮水东边旧时月,夜深还过女墙来。
・・・・・・・

和裴迪登蜀州东亭送客逢早梅相忆见寄
杜甫

东阁官梅动诗兴,还如何逊在扬州。
・・・・・・・

此时对雪遥相忆,送客逢春可自由?
辛不折来伤岁暮,若为看去乱乡愁。
江边一树垂垂发,朝夕催人自白头。

上面两首七言,七绝一首的第三句、七律一首的第一句的平仄,都应该用"仄仄平平平仄仄"格式,实际所用平仄格式则为"平仄平平仄平仄"。

9. 何为"一、三、五不论,二、四、六分明"?

关于近体诗的平仄格式,《切韵指南》后面载有两句口诀,流传甚广:

一三五不论,
二四六分明。

什么意思呢?就是说,近体七言每句的第一字、第三字和第五字的平仄可以不拘;至于第二字、第四字、第六字的平仄则必须严格依照格式,该用平声时不能用仄声,该用仄声时也不能用平声。这是就七言诗而论的,之所以不提第七字,是因为第七字居于句末,为韵脚,其平仄尤其要"分明"。如果是近体的五言诗，那么口诀当改作：

一三不论，
二四分明。

这两句口诀并不完全符合近体诗的格律，但流传很广，容易引起初学者的误解。事实上，一三五不一定可以不论，二四六也不一定分明。下面分别谈一下例外的情况。

10. 何为犯孤平？

近体诗的韵脚押平声字是固定的。一句之中，如果除了韵脚外只有一个平声字，就是孤平，是诗家的大忌。

五言的"平平仄仄平"（七言对应的是"(仄)仄平平仄仄平"），按照"一三五不论"的口诀，其第一字（七言对应的是第三字）的平声可以改作仄声的，也就变成了"仄平仄仄平"和"仄仄仄平仄仄平"。正好犯了孤平。可见，在"（仄仄）平平仄仄平"这个句式中，五言句的第一字和七言的第三字的平声是非论不可的。这是"一三五不论"的一个反例。

11. 何为三平调?

　　句末三字的平仄为连着的三个平声,称为三平调。三平调是古体诗常见的平仄格式,近体诗应该极力避免。在近体诗中,"(⊕平)⊗仄仄平平"这个调型,如果不论其第三字(七言是第五字)的仄声,其平仄就变成:"(⊕平)⊗仄平平平",就成了三平调了。

　　三平调之外,末三字为"仄平仄"一种,也是古体诗常见的平仄,近体诗应该尽量避免。"(⊕平)⊗仄平平仄"这个调型,如果不论其第三字(七言对应第五字)的平声,其平仄就变成"(⊕平)⊗仄仄平仄",末三字就成了古体诗常见的"仄平仄"格式。

　　上述这两种调型,在盛唐杜甫等人的近体诗中偶然可见,但在中唐以后就被认为是不合律了。可见在"(⊕平)仄仄仄平平"和"(⊕平)⊗仄平平仄"这两个调型中,五言第三字(对应七言的第五字)的仄声和平声也是非论不可的。足见"一三五不论"的说法过于笼统,并不符合近体诗格律的实际情况。

12. 何为拗、救？有几种常见的拗、救方式？

凡不合平仄格式的字，叫做"拗"。平仄不依照常规格式的句子，叫做拗句。前面所说的特殊的平仄格式（五言"平平仄平仄"、七言"仄仄平平仄平仄"），也可以认为是拗句的一种。另外有些诗人不甘受律句平仄的拘束，或者故意追求高古的格调，也喜欢用拗，造成一种近似古风式的律诗。

什么是"救"呢？就是在近体诗中，如果前面的一个字用"拗"，后面还必须用"救"。所谓"救"，就是补偿。一般而言，如果前面在该用平声的地方用了仄声，那么后面就应该（或者通常）在适当的位置上补偿一个平声。下面几种情形比较常见：

（一）在该用"平平仄仄平"格式的地方，第一字如果用仄声（变成"仄平仄仄平"），如果不救，就犯孤平。为了避免犯孤平，在第三字补偿一个平声，变成仄平平仄平。同样的道理，七言则由"仄仄平平仄仄平"变成"仄仄仄平平仄平"。这是本句自救。如下面这首诗中"此翁殊不然"句，第一字用了仄声"此"，就在第三字用平声"殊"来救：

醉后赠张九旭

高适

世上漫相识，此翁殊不然。
兴来书自圣，醉后语尤颠。
白发老闲事，青云在目前。
床头一壶酒，能更几回眠。

（二）在该用"仄仄平平仄"格式的地方，第四字用了仄声（或者第三、四字都用了仄声），就在对句的第三字改用平声来补偿。这一联的平仄就变成了"⑪仄⑭平仄，⑭平平仄平"。七言则成为"⑭平⑪仄⑭平仄，⑪仄⑭平平仄平"。这是对句相救。下面两首五律的首联，都属于这种拗救的情况：

送友东归

孟浩然

士有不得志，栖栖吴楚间。
广陵相遇罢，彭蠡泛舟还。
樯出江中树，波连海上山。
风帆明日远，何处更追攀？

与诸子登岘山

孟浩然

人事有代谢，往来成古今。
江山留胜迹，我辈复登临。
水落鱼梁浅，天寒梦泽深。
羊公碑尚在，读罢泪沾襟。

（三）在该用"仄仄平平仄"格式的地方，如果第三字用了仄声，可以在对句的第三字补偿一个平声，这一联的格式就变成了"仄仄仄平仄，平平平仄平"。相应地，如果七言第五字用了仄声，就在对句的第五字补偿一个平声。以盛唐五律为例：

留别王维

孟浩然

寂寂竟何待，朝朝空自归。
欲寻芳草去，惜与故人违。
当路谁相假，知音世所稀。
只应守寂寞，还掩故园扉。

不见

杜甫

不见李生久,佯狂真可哀!
世人皆欲杀,吾意独怜才。
敏捷诗千首,飘零酒一杯。
匡山读书处,头白好归来。

上面三首诗的首句第三字(本该用平声)都用了仄声,而在对句的第三字(本该用仄声)补偿了一个平声字。前引王维《终南别业》"行到水穷处,坐看云起时"联,也属于这种拗救的情况。

当然,在实际的创作中,往往是好几种拗和救的情况一起出现。例如前引杜甫《不见》诗,除首联对句相救外,第七句"匡山读书处",也是用"平平仄平仄"来代替"平平平仄仄"的。

13. 何为词律?

词原本是倚声之体,即"依曲拍为句",这一个阶段或说这样的创作状态中,词律即是乐律。自中唐以来,文人参与词体创作之后，词参用了已经成熟的近体诗的声律，形成词在文字上的声律规范。唐宋人的词律中，兼有乐律与文字声律两方面的因素。但对于一些并不通晓乐律、也不谙熟曲调的文人来讲，他们在填词时所依据的，主要是前人作品中所体现的句度长短、文字平仄、韵逗疏密等固定的形式要素，开后世完全依据文字声律填词的先河。至明清时代，词已经完全脱离音乐，因而词律中已经没有属于乐律的实质性内容。所以后人制定填词用的词谱，完全是文字声律谱，其中包含着句逗、平仄、韵位等要素。康熙御制《词谱序》说："夫词寄于调，字之多寡有定数，句之长短有定式，韵之平仄有定声。杪忽无差，始能谐合，否则音节乖舛，体制混淆。"这就是词律的基本内涵。

除了讲平仄之外，唐宋名家词的作品由于合乐的需要，一些地方还显示仄声中"上、去、入"三声分别使用的情况。后世的一些专家性质的词人，寻索这方面的规律，对于一些曲调，还有严守四声的讲究。但对于现代填词者来说，只要讲究平仄就可以了。因为词用四声，本来就还没有形成固定格律。当然，在押韵方面，有一些词调，是必须押入声韵的。

14. 何为词谱？

词谱是填词依据的谱本，收入各种词调，并选择本调的典范之作，注明字数、句逗、平仄（或四声）、韵脚等项，以供学者照谱填词。词原本是入乐的歌词，原有曲调、律吕各项要素，所以每一首词，都有其声律谱。如现存姜夔十七首自度曲的旁谱，就属此类。但即使是宋人写词，也不都是熟谙音律，他们多是依照流行的曲调或前人留下来的经典之作来填词。标明文字声律的词谱之类的书籍，也随之出现。元人虞集《叶宋英自度曲谱序》中就说："近世士大夫号称能乐府者，皆依约旧谱，仿其平仄，缀缉成章。"这可能反映了包括宋人在内的大部分不熟悉音律的词人的填词方法。所以在不熟悉词的音律或失去词乐的情况下，按声律谱填词是必然的。

只是最早并无完整、严格的声律谱，宋、元、明的词家多是依据词集、词选中的前人作品，依约其声律而填写，其中的差异与错讹是无法避免的。明代流行的词谱《啸余谱》，疏误较多。清代词学家在词韵、词谱方面用力最深。词谱方面的成果有康熙初万树的《词律》，后又有《钦定词谱》。两书可说是词调之渊薮。这些词谱书出来之后，研究者不少，成为传统词学研究的重要课题。后来舒梦兰的《白

声律篇

香词谱》，删繁就简，并加考据，是一般的词作者中最流行的词谱。龙榆生先生的《唐宋词格律》，也是最实用、可靠的一部词谱。

用韵篇

1. 何为押韵？

押韵，也称协韵或叶（xié）韵。什么是押韵呢？我们看下面的两个例子：

黄鹤楼
崔颢

昔人已乘黄鹤去，此地空余黄鹤楼。
黄鹤一去不复返，白云千载空悠悠。
晴川历历汉阳树，芳草萋萋鹦鹉洲。
日暮乡关何处是，烟波江上使人愁。

春宫曲
王昌龄

昨夜风开露井桃，未央前殿月轮高。
平阳歌舞新承宠，帘外春寒赐锦袍。

崔颢《黄鹤楼》诗，每逢偶句句尾，都有一个同韵母的字："楼""悠""洲""愁"。四个字的韵母分别是ou、iou、ou、ou。除去韵头i，都是ou。像这样，同韵母的字在偶句的句尾重复出现的情况，就是押韵。这些在偶句的句尾重复出现的同韵字母，称为韵脚。第一个韵脚的出现，称为起韵。有的诗歌，第一个韵脚出现在首句，称为首句起韵，如王昌龄《春宫曲》这一首，第一个韵脚"桃"字就出现在首句。

2.《切韵》是怎么产生的？

中国古代诗歌的用韵，从先秦一直到唐初，都是依照口语来押韵，也可以说押韵是比较自由的。但似乎也并非毫无讲究，如陆机、谢灵运等人的诗，在押韵上也体现出一定的规范。如谢灵运的乐府诗《善哉行》，押的都是入声韵。而最早以"韵"名书的吕静《韵集》，虽然其具体的内容及在诗歌创作上的使用情况我们不得而知，但魏晋人在创作诗歌时，对押韵已经有一些人为的规则上的讲究，是可以肯定的。六朝时期开始出现韵书，今见《隋书·经籍志》载有韵书多种，如南朝梁代王该所撰《文章音韵》、夏侯咏《四声韵略》及北齐阳休之《韵略》等，但都已不传。

现在我们能看到的最早的韵书，是隋代陆法言所撰的《切韵》。《切韵》成书于隋文帝仁寿元年（601年），是陆法言在罢官闲居一年之后在家编写的。在序言中，陆法言交代了编写的缘起：隋文帝开皇（581—600）初年，陆法言的父亲任太子洗（xiǎn）马，当时的著名学者刘臻、颜之推、卢思道、李若、萧该、辛德源、薛道衡、魏彦渊等人到卢府聚会，讨论音韵问题，希望解决前代韵书各自为论的纷乱状态，建立一个能让社会普遍接受的正音标准。他们让陆法言将大家最后商定的审音原则记录下来。后来陆法言在编写《切韵》时，也贯彻了这一原则。

《切韵》成书之后，很快产生了极大的影响。唐自开元、天宝以后，科举考试中诗赋的用韵，以官方指定的《切韵》为标准。这是押韵以韵书为标准的开始。此后一直到晚清，诗歌等韵文押韵都是依照韵书，不专以口语为标准。《切韵》原本收字不多，对常用字也不解释字义，所以后来不断有增补本出现，或增加新字，或补充释义，等等。其中影响较大的是唐中宗时王仁昫（或作王仁煦）的《刊谬补缺切韵》（现在通常简称王韵），和开元天宝时人孙愐的《唐韵》，以及唐末李舟的《切韵》。

3.《广韵》是怎么产生的？

宋代仍然以《切韵》为官韵。《切韵》在宋代有两次规模较大的修订。一次是在宋太宗时。后来宋真宗又敕令陈彭年、丘雍等再度重修，大中祥符元年（1008年）完成，更名为《大宋重修广韵》，通称《广韵》。《广韵》吸收了唐代各种修订本的长处，是《切韵》系韵书的集大成之作。它收字多，共有韵字26194个，是《切韵》原本（根据唐人封演《闻见记》记载，共12158字）的两倍还多。《广韵》分韵也多，共有206韵，即在陆法言原书193韵的基础上，增加了王仁昫的2韵，和天宝本《唐韵》的11韵。各韵的排列秩序，则按李舟的《切韵》。《广韵》颁布之后，它就成了《切韵》这一系韵书的唯一代表，前代韵书随之渐次失传。直到今天，《广韵》还是中古韵书最重要的代表。

4. 何为平水韵？

宋代刘渊（江北平水人）曾编过一部《壬子新刊礼部韵略》，分107韵，简称《新刊韵》，或称平水韵。后来元代的阴时夫编了一部按韵排列的类书《韵府群玉》，分106韵。阴书将刘渊书的上声拯韵并入迥韵，所以少了一韵。明代指定平水韵为官韵，以106韵为准。后来清代沿承明代的作法，康熙年间所编两部韵书《佩文韵府》和《佩文诗韵》及其后不少韵书，都是用106韵的分韵系统。因此，一般人所说的平水韵，指的就是刘渊所编的《新刊韵》，以及它所代表的分106韵的韵书。文人做诗用韵，也都是以平水韵为标准。所以当我们说到明清诗韵，指的也就是平水韵。当今的旧体诗创作，很大一部分作者遵用的，也还是平水韵。

但刘渊和他编的《新刊韵》究竟是不是后代分韵的始祖呢？清人钱大昕的发现，可以说颠覆了传统的看法。钱大昕曾见到过一部元刻本的《平水韵例》（又名《新刊韵例》，国家图书馆有清钞本），也分106韵，与《韵府群玉》同。而且书前许古在金正大六年（1229年）所作的序，可证此书至迟在那年已完成，比刘渊书早二十三年。可见分106韵的作法并非是像我们从前认为的那样，在刘渊那初创并由《韵府群玉》修订成型。也就是说，阴时夫的分韵也只是一种因袭。

那么，我们能否由此断定106韵之分始于《平水韵例》的编者王文郁呢？王文郁当时在平水任书籍这一官职，平水韵是否正由此而得名呢？这也很难说。许古的序文说王文郁也是根据"旧本"加以精校，并非新创。而且序文中还说这个"旧本"所载的只是"私韵"，而且流传"岁久"。但"私韵"的作者是谁，我们不得而知。而且王国维曾见过的金人张天锡《草书韵会》也分106韵，书前载有赵秉文金正大八年（1231年）二月序，比王书只迟一年多。王文郁、张天锡，一南一北，抄袭的可能性几乎没有。这两部韵书的存在正说明，它们之前还有一个共同的源头，可惜我们今天没有这方面的材料。

5. 近体诗怎样押韵？

近体诗一般只能押平声韵，而且要求一韵到底。平水韵106韵中，平声30韵，分为上平声、下平声。这种区分是因为平声字多，所以在编排时分为上、下两卷，等于说是平声上卷、平声下卷。

上平声15韵：

一东	二冬	三江	四支	五微
六鱼	七虞	八齐	九佳	十灰
十一真	十二文	十三元	十四寒	十五删

下平声15韵：

一先	二萧	三肴	四豪	五歌
六麻	七阳	八庚	九青	十蒸
十一尤	十二侵	十三覃	十四盐	十五咸

东、冬等字都只是韵的代表字，表示韵母的种类。在韵书中，代表字往往排在该韵部的最前面。东、冬这两个韵的读音，在普通话中已经很难区分了。我们只需知道，它们是曾经有过区别的，后来慢慢混而为一了。但古人押韵都依照韵书，所以在写诗时二者仍旧不能混用。起初是因为科举应试的规定，后来也就成为一种风气，平常写诗也如此了。

下面举几首唐人的近体诗为例：

潭州（一东）
李商隐

潭州官舍暮楼空，今古无端入望中。
湘泪浅深滋竹色，楚歌重叠怨兰丛。
陶公战舰空滩雨，贾傅承尘破庙风。
目断故园人不至，松醪一醉与谁同。

井络（二冬）
李商隐

井络天彭一掌中，漫夸天设剑为峰。
阵图东聚燕江石，边析西悬雪岭松。
堪叹故君成杜宇，可能先主是真龙。
将来为报奸雄辈，莫向金牛访旧踪。

收京（六鱼）

杜甫

仙仗离丹极，妖星照玉除。
须为下殿走，不可好楼居。
暂屈汾阳驾，聊飞燕将书。
依然七庙略，更与万方初。

江汉（七虞）

杜甫

江汉思归客，乾坤一腐儒。
片云天共远，永夜月同孤。
落日心犹壮，秋风病欲苏。
古来存老马，不必取长途。

李商隐七律《井络》，首句也是押韵的，而且押的不是本韵（二冬韵），而是它的邻韵东韵。这是因为七律第一句不是必须押韵的，所以它的韵脚不是很严格，除押本韵外，也可以用临近的韵。这种首句用韵的风气，正是到了李商隐所在的晚唐时代才相当普遍，宋代更是成为一种风尚。

6. 古体诗怎样押韵？

古体诗除了押韵之外，不受任何格律上的束缚，是一种半自由体的诗歌。在押韵方面，古体诗也较近体诗自由，它既可以押平声韵，也可以用仄声韵。但是在押仄声韵的时候，要区分上声韵、去声韵、入声韵。一般而言，不同声调是不可以通押的。前面我们已经介绍了平声30韵，这里我们主要对上声29韵、去声30韵、入声17韵作一简单的介绍。

上声29韵：

一董	二肿	三讲	四纸
五尾	六语	七麌*	八荠
九蟹	十贿	十一轸	十二吻
十三阮	十四旱	十五潸	十六铣*
十七筱*	十八巧	十九皓	二十哿*
二十一马	二十二养	二十三梗	二十四迥
二十五有	二十六寝	二十七感	二十八俭
二十九豏*			

去声30韵：

| 一送 | 二宋 | 三绛 | 四寘* |

---

* 麌读yǔ，铣读xiǎn，筱读xiǎo，哿读gě，豏读xiàn，寘读zhì。

五未	六御	七遇	八霁
九泰	十卦	十一队	十二震
十三问	十四愿	十五翰	十六谏
十七霰	十八啸	十九效	二十号
二十一箇	二十二祃*	二十三漾	二十四敬
二十五径	二十六宥	二十七沁	二十八勘
二十九艳	三十陷*		

入声17韵：

一屋	二沃	三觉	四质
五物	六月	七曷	八黠
九屑	十药	十一陌	十二锡
十三职	十四缉	十五合	十六叶
十七洽			

古体诗的用韵比近体诗要宽，可以一韵独用；也可以两个以上的韵通用，但必须是相邻才能相通。先看几首一韵独用的古体诗：

---

* 祃读mà。

古风其三（十灰）

李白

秦王扫六合，虎视何雄哉！挥剑决浮云，诸侯尽西来。明断自天启，大略驾群才。收兵铸金人，函谷正东开。铭功会稽岭，骋望琅邪台。刑徒七十万，起土骊山隈。尚采不死药，茫然使心哀。连弩射海鱼，长鲸正崔嵬。额鼻象五岳，扬波喷云雷。鬐鬣蔽青天，何由睹蓬莱？徐市载秦女，楼船几时回？但见三泉下，金棺葬寒灰。

夏日南亭怀辛大（廿二养）

孟浩然

山光忽西落,池月渐东上。散发乘夕凉,开轩卧闲敞。荷风送香气,竹露滴清响。欲取鸣琴弹,恨无知音赏。感此怀故人,中宵劳梦想。

7. 何为邻韵通押？

　　古体诗不拘句数，可以长达几十韵甚至上百韵。在写作这样的长篇古体诗时，要想一韵独用是比较困难的，如果正好押的是窄韵，韵脚肯定是不够用的。这种情况下，邻韵通押是一种有效的手段。那么，邻韵是如何界定的呢？这里我们需要先了解一下古人对韵的分类。一般而言，平上去三声各可分为十五类，如下表：

类目	平声	上声	去声
1	东冬	董肿	送宋
2	江阳	讲养	绛漾
3	支微齐	纸尾荠	寘未霁
4	鱼虞	语麌	御遇
5	佳灰	蟹贿	泰卦队
6	真文、元半	轸吻、阮半	震问、愿半
7	寒删先、元半	旱潸铣、阮半	翰谏霰、愿半
8	萧肴豪	筱巧皓	啸效号
9	歌	哿	箇
10	麻	马	祃
11	庚青	梗迥	敬径
12	蒸		
13	尤	有	宥
14	侵	寝	沁
15	覃盐咸	感俭豏	勘艳陷

入声可分为八类：

第一类：屋沃；

第二类：觉药；

第三类：质物、月半

第四类*：曷黠屑、月半

第五类：陌锡

第六类：职

第七类*：缉

第八类：合叶洽

由上面的列表可以看出，在归并为若干大类之后，仍旧独用的韵一共有十五个，它们分别是：

平声五韵：歌 麻 蒸 尤 侵
上声四韵：哿 马 有 寝
去声四韵：箇 祃 宥 沁
入声二韵：职 缉

其中上声和去声八个独用的韵当中，上声哿、马、寝和

---

* 第三类和第四类可以通用。第六类和第七类可以通用。

去声箇、祃、宥、沁在诗词中都是罕用的，所以实际上常用的独用之韵一共八个，它们是：

歌 麻 蒸 尤 侵 有 职 缉

也就是说，除了15个独用的韵之外，其余的91个韵，一共被归为36个小类，其中平声10类，上声10类，去声10类，入声6类，隶属于同一类的韵互为邻韵，它们之间是可以通押的。但需要注意的是：属于同一类的上声韵和去声韵有时可以通押，但属于同一类的平声韵和仄声韵是不能通押的，入声字更不能与其它三声通押。

下面举一些具体的例子来说明：

古风其十九（庚青通押）

李白

西上莲花山，迢迢见明星。素手把芙蓉，虚步蹑太清。霓裳曳广带，飘拂升天行。邀我登云台，高揖卫叔卿。恍恍与之去，驾鸿凌紫冥。俯视洛阳川，茫茫走胡兵。流血涂野草，豺狼尽冠缨。

（星、冥，九青韵；清、行、卿、兵、缨，八庚韵。）

古风其二十四（陌锡通押）

李白

大车扬飞尘，亭午暗阡陌。中贵多黄金，连云开甲宅。路逢斗鸡者，冠盖何辉赫。鼻息干虹蜺，行人皆怵惕。世无洗耳翁，谁知尧与跖。

（陌、宅、赫、跖，十一陌韵；惕，十二锡韵。）

8. 古诗如何换韵？

近体诗是一韵到底的；古体诗可以一韵到底（柏梁体必须一韵到底），也可以换韵，并且换韵不限次数。魏晋以来，五言古诗多不换韵，五言乐府多换韵。齐梁以来，古诗与乐府的体制有所混淆，古诗也多换韵。时人称为转韵。如薛道衡有《和许给事善心戏场转韵诗》。五言转韵，几成风气。唐人承魏晋、齐梁之体，五古或一韵到底，或多换韵。隐然成两流。一韵到底者更为古朴，换韵者近于乐府歌行。

换韵的方式也是多种多样的，可以两句一换韵，四句一换韵，六句一换韵，也可以多到十几句才换韵；可以连用几个平声韵，也可以连用几个仄声韵，也可以平仄韵交替使用。现在举几个例子加以说明：

蓝田山石门精舍

王维

落日山水好,漾舟信归风。探奇不觉远,因以缘源穷。遥爱云木秀,初疑路不同。安知清流转,偶与前山通。舍舟理轻策,果然惬所适。老僧四五人,逍遥荫松柏。朝梵林未曙,夜禅山更寂。道心及牧童,世事问樵客。暝宿长林下,焚香卧瑶席。涧芳袭人衣,山月映石壁。再寻畏迷误,明发更登历。笑谢桃源人,花红复来觌。

(风、穷、同、通,东韵;适、柏、客、席、陌韵;寂、壁、历、觌,锡韵。前八句用上平声东韵,后十六句通押陌、锡二韵。这一首是交替用平仄韵的例子,先平后仄。)

古风其十八

李白

天津三月时,千门桃与李。朝为断肠花,暮逐东流水。前水复后水,古今相续流。新人非旧人,年年桥上游。鸡鸣海色动,谒帝罗公侯。月落西上阳,余辉半城楼。衣冠照云日,朝下散皇州。鞍马如飞龙,黄金络马头。行人皆辟易,志气横嵩丘。入门上高堂,列鼎错珍羞。香风引赵舞,清管随齐讴。七十紫鸳鸯，双双戏庭幽。行乐争昼夜，自言度千秋。功成身不退，自古多愆尤。黄犬空叹息，绿珠成衅雠。何如鸱夷子，散发棹扁舟。

（李、水，纸韵；流、游、侯、楼、州、头、丘、羞、讴、幽、秋、尤、雠、舟，尤韵。前四句用上声纸韵，后二十八句用平声尤韵。这一首用韵也是平仄交替例，先仄后平。）

送裴十八图南归嵩山
李白

君思颍水绿，忽复归嵩岑。归时莫洗耳，为我洗其心。洗心得真情，洗耳徒买名。谢公终一起，相与济苍生。

（前四句用平声侵韵，后四句用平声庚韵。这一首是连用两个不同类的平声韵的例子，这一种其实比较少见。）

古别离
李端

水国叶黄时，洞庭霜落夜。行舟闻商估，宿在枫林下。此地送君还，茫茫似梦间。后期知几日，前路转多山。巫峡通湘浦，迢迢隔云雨。天晴见海樯，月落闻津鼓。人老自多愁，水深难急流。清宵歌一曲，白首对汀洲。

（夜、下，祃韵；间、山，删韵；雨、鼓，麌韵；流、洲，尤韵。每四句一换韵，平仄替换用韵。）

9. 何为柏梁体？

据说汉武帝筑柏梁台，与群臣联句赋诗，每人一句，每句七言，句句用韵。后来把这种句句用韵的七言古诗称为柏梁体。实则鲍照以前的七言诗都是句句用韵的，直到南北朝以后，七言诗变为隔句用韵，句句用韵的七言诗才变为特殊的诗体。称句句入韵的七言诗为柏梁体，是后人的一种说法。

下面是柏梁体的两个例子，一首是曹魏曹丕的《燕歌行》，这是我国诗歌史上第一首完整的七言诗；另一首是杜甫的《饮中八仙歌》，这时候七言诗已经是隔句用韵的天下了。

燕歌行
曹丕

秋风萧瑟天气凉,草木摇落露为霜。群燕辞归雁南翔,念君客游思断肠。慊慊思归恋故乡,君何淹留寄他方？贱妾茕茕守空房,忧来思君不敢忘,不觉泪下沾衣裳。援琴鸣弦发清商,短歌微吟不能长。明月皎皎照我床,星汉西流夜未央。牵牛织女遥相望,尔独何辜限河梁?

饮中八仙歌
杜甫

知章骑马似乘船,眼花落井水底眠。汝阳三斗始朝天,道逢麹车口流涎,恨不移封向酒泉。左相日兴费万钱,饮如长鲸吸百川,衔杯乐圣称避贤。宗之潇洒美少年,举觞白眼望青天,皎如玉树临风前。苏晋长斋绣佛前,醉中往往爱逃禅。李白一斗诗百篇,长安市上酒家眠,天子呼来不上船,自称臣是酒中仙。张旭三杯草圣传,脱帽露顶王公前,挥毫落纸如云烟。焦遂五斗方卓然,高谈雄辩惊四筵。

10. 歌行如何用韵?

歌行一般都是转韵的,其用韵的要求比古诗还要宽。少至两句一转韵,多至数句一转韵。而最常见的是四句一转韵。下面举几首唐诗为例。

凉州馆中与诸判官夜集
岑参

弯弯月出挂城头,城头月出照凉州。凉州七里十万家,胡人半解弹琵琶。琵琶一曲肠堪断，风萧萧兮夜漫漫。河西幕中多故人，故人别来三五春。花门楼前见秋草，岂能贪贱相看老。一生大笑能几回，斗酒相逢须醉倒。

（前八句句句用韵，每两句一换韵；末四句用一韵，共三个韵脚。）

燕歌行

高适

汉家烟尘在东北，汉将辞家破残贼。男儿本自重横行，天子非常赐颜色。摐金伐鼓下榆关，旌旆逶迤碣石间。校尉羽书飞瀚海，单于猎火照狼山。山川萧条极边土，胡骑凭陵杂风雨。战士军前半死生，美人帐下犹歌舞！大漠穷秋塞草腓，孤城落日斗兵稀。身当恩遇恒轻敌，力尽关山未解围。铁衣远戍辛勤久，玉箸应啼别离后。少妇城南欲断肠，征人蓟北空回首。边庭飘摇那可度，绝域苍茫更何有。杀气三时作阵云，寒声一夜传刁斗。相看白刃血纷纷，死节从来岂顾勋？君不见沙场征战苦，至今犹忆李将军！

（每四句一转韵，每韵押三个韵脚。从形式上看，每韵都是一首首句入韵的七言绝句。）

走马川行奉送封大夫出师西征
岑参

君不见走马川、行雪海边，平沙莽莽黄入天。轮台九月风夜吼，一川碎石大如斗，随风满地石乱走。匈奴草黄马正肥，金山西见烟尘飞，汉家大将西出师。将军金甲夜不脱，半夜军行戈相拨，风头如刀面如割。马毛带雪汗气蒸，五花连钱旋作冰，幕中草檄砚水凝。虏骑闻之应胆慑，料知短兵不敢接，军师西门伫献捷。

（每三句一转韵，句句用韵。这种三句一转韵的诗是比较罕见的。）

11. 何为宽韵，何为窄韵？

韵有宽韵，有窄韵。

一个韵部包含的字数多，这个韵就是宽韵，如支韵、真韵、先韵、阳韵、庚韵、尤韵等；一个韵部包含的字数少，这个韵就叫窄韵，如江韵、佳韵、肴韵、覃韵、盐韵、咸韵等。自宋代以后，文人作者如苏轼、黄庭坚，因为以难见巧，作诗有时有意选择押窄韵。比如黄庭坚的《子瞻诗句妙一世乃云用庭坚体，次韵道之》，用的就是韵字很少的三江韵。

宽韵、窄韵主要是指古体诗的用韵。

12. 何为词韵？

作诗需要按韵书规定的韵部押韵，最早是出于科举考试的需要。词出于胡夷里巷，原是音乐歌词，其押韵方面，并不像近体诗那样有严格的韵部规定。早期词韵，传有无名氏的《词林韵释》，题为"宋菉斐轩刊本"。清人厉鹗认为是宋人的词韵，其《论词绝句》有"欲呼南渡诸公起，韵本重雕菉斐轩。"据厉氏所见，为南宋绍兴二年所刻。此书于平声列十九部，次列上、去，入声则派入三声，不另立部。夏承焘、吴熊和两位先生认为《词林韵释》其实是为北曲而作的韵书，不是词韵（《读词常识》）。所以，一般认为宋人填词，并无固定的词韵书籍。

但是唐宋词人同时多是擅长古近体诗写作的，熟悉韵部，所以他们在填词时，也自然会受到诗韵的影响。但似乎一开始就没有采用近体诗的韵部规定。大体上说，词韵较诗韵为宽，跟古体诗的用韵比较接近。唐宋词的押韵，仍有一定的规范可寻。清人正是根据唐宋词押韵的实际情况，依据诗韵编成词韵。最具影响的是戈载的《词林正韵》。

13.《词林正韵》

《词林正韵》是清代嘉道年间江苏吴县人戈载编的一部韵书。尽管词韵问题众说纷纭,它仍是一部这方面的权威性著作。虽然不能据以解决所有词韵问题,但此书流行后,即被奉为填词用韵的规范。就如写近体诗要用平水韵、谱曲要用《中原音韵》一样,填词的合理作法,就是依《词林正韵》。用韵虽是一个外在的形式,却是与诗、词、曲等文体的传统审美特征相关的。用词韵作近体诗,失去诗味;同样,用平水韵填词,看起来好像更严格,但也会失去词的韵味。散曲也是一样,须用《中原音韵》来谱写,才会富于曲的韵味。这不是胶柱鼓瑟、因循守旧,而是遵重文体的审美传统与写作规范。其中的道理,也许只有通过长期的写作训练后才能完全体会。

《词林正韵》前面有一个长篇的《词林正韵发凡》,是戈载关于词韵问题的重要论文。在这篇论文中,戈载认为"古无词韵,古人之词即词韵也。"这指出一个基本事实,即宋人填词,没有严格意义上的韵书。但后人定词韵,则须从宋人词作中去归纳。戈载主要是根据宋词来定词韵,也可以从宋词中探讨出词体用韵的规律。他的具体作法是:

取古人之词，博考互证，细加辨晰，觉其所用之韵，或分或合，或通或否，畛域所判，瞭如指掌。又复广稽韵书，裁酌繁简，求协古音，妄成独断。凡三阅寒暑而卒事，名曰《词林正韵》。

所以，从学术研究来说，如果深入词韵之学，即使按照戈载的作法，取唐宋词来研究其用韵问题，也还可对戈氏之学进行辨析。但在词失去音乐的依附后，作为徒诗之体的写作，词作者经过长久摸索，不免各出心裁。《词林正韵》将其明确地规定下来，并且得到当时学者的认可，其为填词的权威韵书并非偶然。

宋人虽无词韵，但文人填词，也是用《广韵》等韵书来斟酌分合的。《词林正韵》仍然采用《广韵》《集韵》中所分的平、上、去、入各部，将其分别归并到十九部中。因为词有全押平声韵、平声韵与去声韵通押，以及只押入声这样不同的押韵方式。所以，戈载所分的十九部中，将平、上、去各韵合在一起分为十四部，入声单列为五部，共十九部。

第一部：

平声：一东　二冬　三钟

上声：一董　二肿

去声：一送　二宋　三用

第二部：
平声：四江　十阳　十一唐
上声：三讲　三十六养　三十七荡
去声：四绛　四十一漾　四十二宕

第三部：
平声：五支　六脂　七之　八微　十二齐　十五灰
上声：四纸　五旨　六止　七尾　十一荠　十四贿
去声：五寘　六至　七志　八未　十二霁　十三祭　十四太半　十八队　二十废

第四部
平声：九鱼　十虞　十一模
上声：八语　九噳*　十姥*
去声：九御　十遇　十一暮

第五部
平声：十三佳半　十四皆　十六咍*

---

* 噳读yǔ，姥读mǔ。
* 咍读hāi。

上声：十二蟹　　十三骇　十五海

去声：十四太半　十五卦半　十六怪　十七夬　十九代

第六部

平声：十七真　　十八谆　　十九臻　　二十文

　　　二十一欣　二十三魂　二十四痕

上声：十六轸　　十七准　　十八吻　　十九隐

　　　二十一混　二十二狠

去声：二十一震　二十二稕*　二十三问　二十四焮*

　　　二六图*　二十七恨

第七部

平声：二十二元　二十五寒　二十六桓　二十七删

　　　二十八山　一先　　　二仙

上声：二十阮　　二十三旱　二十四缓　二十五潸

　　　二十六产　二十七铣　二十八狝*

去声：二十五愿　二十八翰　二十九换　三十谏

　　　三十一裥*　三十二霰　三十三线

---

* 稕读zhùn，焮读xìn，图读hùn。
* 狝读xiǎn。
* 裥读jiǎn。

第八部

平声：三萧　四宵　五肴　六豪

上声：二十九篠　三十小　三十一巧　三十二皓

去声：三十四啸　三十五笑　三十六效　三十七号

第九部

平声：七歌　八戈

上声：三十三哿　三十四果

去声：三十八箇　三十九过

第十部

平声：十三佳半　九麻

上声：三十五马

去声：十五卦半　四十祃

第十一部

平声：十二庚　十三耕　十四清　十五青　十六蒸　十七登

上声：三十八梗　三十九耿　四十静　四十一迥　四十二拯　四十三等

去声：四十三映　四十四诤　四十五劲　四十六径

四十七证　四十八隥*

第十二部

平声：十八尤　十九侯　二十幽

上声：四十四有　四十五厚　四十六黝

去声：四十九宥　五十候　五十一幼

第十三部

平声：二十一侵

上声：四十七寝

去声：五十二沁

第十四部

平声：二十二覃　二十三谈　二十四盐　二十五沾
　　　二十六咸　二十七衔　二十八严　二十九凡

上声：四十八感　四十九敢　五十琰　五十一忝
　　　五十二俨　五十三豏　五十四槛　五十五范

去声：五十三勘　五十四阚*　五十五艳　五十六桥*
　　　五十七验　五十八陷　五十九鉴*　六十梵

---

* 隥读dèng。
* 阚读kàn，桥读tiàn，鉴读jiàn。

第十五部

入声：一屋　二沃　三烛

第十六部

入声：四觉　十八药　十九铎

第十七部：

入声：五质　　六术　　七栉　　二十陌
　　　二十一麦　二十二昔　二十三锡　二十四职
　　　二十五德　二十六缉

第十八部：

入声：八勿　九迄　十月　十一没　十二曷　十三末
　　　十四黠　十五鎋①　十六屑　十七薛　二十九叶
　　　三十帖

第十九部

入声：二十七合　二十八盍　三十一业　三十二洽
　　　三十三狎　三十四乏

---

① 鎋读xiá。

今人填词，押韵更加自由，大多数人都按新声新韵来押。但是用专用入声韵的词调填词时，还是应该遵守旧的声韵规范的。所以，今人填词，还是使用《词林正韵》为好。

14. 何为曲韵？

元曲是继词之后，在北方发生的一种音乐文体。作为戏曲演出及散曲清唱，曲的用韵也是自然地采用北方地区的方言。元代以后，北方话中逐渐失去了入声。所以曲的演唱中，也是没有入声字的。故曲韵中没有入声韵，或者入声韵不明显。

曲韵原来也没有韵书。元代江西高安人周德清，自称"作乐府三十年"，他这里所说的"乐府"，就是指可唱的北曲。作为南方人而爱音律、谱北曲，其与实际的北方方言可能有所隔膜，也许正是这个原因。他认真地研究当时流行的唱曲及名家作品，撰著了《中原音韵》这一部曲韵。与平水韵、《词林正韵》，并列为谱曲和填散曲的权威性的韵书。

《中原音韵》仍然是以《广韵》《集韵》等韵书为基础的，但它吸收了当时北方杂剧、散曲家实际使用的一些韵目。《中原音韵》将全部曲韵分为十九部：

一东钟	二江阳	三支思	四齐微
五鱼模	六皆来	七真文	八寒山
九桓欢	十先天	十一萧豪	十二歌戈
十三家麻	十四车遮	十五庚青	十六尤侯
十七侵寻	十八监咸	十九廉纤	

曲韵与我们今天的普通话最接近。但古代的韵，与我们今天普通话的韵母并不是一回事。所以今人创作散曲，规范的作法，仍然应该使用《中原音韵》。它的道理，与写近体诗用平水韵，填词用《词林正韵》是一样的。

15. 如何理解旧韵与实际的语音系统不合的问题？何为新声新韵？

押韵是一种自然的修辞现象。所有文学体裁，按照押韵与否，分成韵文与散文两体。部分的散体文（如先秦经、子散文）也杂有押韵的现象。作为一种自然的修辞现象的押韵艺术，完全是按照自然的语音习惯进行的。但是传统的诗词是一种高度发展的韵文体裁。为了寻求一种超越于实际语音体系之上的押韵规则，自南北朝后期以来，形成人为规定

用韵篇

的押韵规则。《切韵》就是这样性质的一本韵书。这种押韵规则由实际的语音体系、传统文学经典的用韵习惯、实际的押韵美感效果等多方面的综合因素构成。由此而形成诗韵、词韵、曲韵这样几个传统诗词曲写作中的声韵系统。应该说，它本身也是属于诗词艺术的重要形式因素之一。但是，对于完全是在普通话的语音环境中成长、以普通话为母语的人来说，上述传统声韵系统与其实际的语音感觉会有很大的差异。因此在现实中会出现这样的情形，即如果根据韵书来押韵，就完全没有协调的感觉。因而就局部来讲，意味着失去押韵的意义。同样，按照各种方言来朗诵古人或今人根据平水韵等传统声韵系统押韵的诗词曲作品，也存在上述的情形。在这种情况下，一部分传统诗、词、曲的写作者，尝试使用新声新韵，从原则上说，是符合押韵的美学规律的。

何为新声新韵？目前也存在着不同的理解。最彻底的一派，就是直接与普通话的韵母系统接轨，按普通话的声韵体系押韵。但是这样一来，旧体诗词的押韵将与新诗的押韵没有任何区别，作为传统诗词艺术的构成因素之一的传统的押韵艺术，将不复存在。另一种理解，是制作新的韵部，折衷于普通话声韵体系与传统的诗韵、词韵、曲韵之间。目前已出现多种这样的新韵书。如田家谷编制的《新编诗韵词韵手册》（花城出版社1992年），就是在曲韵十三辙的基础上归并为十八部的。洪柏昭主编的《中华新韵府》（岳麓书社2005年），分成一麻韵、二波韵、三歌韵、四些韵、五齐韵、六支韵、七乌韵、八鱼韵、九开韵、十微韵、十一豪韵、十二尤韵、十三寒韵、十四真韵、十五侵韵、十六音韵、十七庚韵、十八青韵、十九东韵等十九部。另外保留入声韵部，分为一答洽韵、二驳阁韵、三屑月韵、四锡职韵、五屋域韵等五部。这对于旧体诗词写作者来说，有一定的参考价值。

但是，就目前来说，还很难说有被各方面都承认、统一遵用的韵书。所以，在传统的诗词创作界，主流的做法还是遵守传统的诗、词、曲韵。尤其创作近体诗，主要是遵用平水韵。即使是使用新声新韵写作诗词，也要根据诗词的传统习惯与现代方言的实际存在这一情况，有所保守，如派入平声的入声韵，是无论如何都不能作为平声使用的，尤其不能作为近体诗的韵脚使用。否则，对于略读一些旧诗词的人来说，就会破坏欣赏的美感。

对仗篇

1.诗词中对仗的发展源流如何？

对仗，也就是对偶。对仗的"仗"，取义于仪仗，意思是两两相对，排列整齐，如同仪仗。对仗是一种修辞形式，它是人们在修辞活动中自然产生的，并不局限于诗歌。对仗古人又称对属，又称俪辞。刘勰《文心雕龙》有专论对仗艺术的《俪辞》一篇。其中阐述对仗发生的原理，对于我们正确理解对仗艺术，是有所启发的：

造化赋形，支体必双；神理为用，事不孤立。夫心生文辞，运裁百虑，高下相须，自然成对。

在近体诗对仗原则确立之前，对仗艺术已经有一个很长的发展历史。《诗经》已有不少对仗句，如《邶风·柏舟》："觏闵既多，受侮不少。"《齐风·南山》："南山崔崔，雄狐绥绥。"都已经是严格意义上的对句了。不过总的来说，《诗经》中这种严格的对句并不多，其对句的出现也具有一定的偶然性。

到了汉魏六朝时期，随着文人诗的产生和发展，诗歌

对仗篇 | 95

中的对仗艺术开始成熟。《古诗十九首》中就有不少对仗，如"胡马依北风，越鸟巢南枝"，"青青河畔草，郁郁园中柳"。魏晋以后，诗人运用对仗的意识更加自觉，诗歌中的对仗就更常见了。曹植、陆机、谢灵运都是在对仗艺术的发展上做出重要贡献的诗人。甚至以讲究自然作风著称的陶渊明，其诗歌中也有不少对仗。如他的《归园田居》其一，就是差不多全篇用对句。谢灵运的有些诗歌，几乎全篇都是对仗，如其名作《登池上楼》：

潜虬媚幽姿，飞鸿响远音。
薄霄愧云浮，栖川怍渊沉。
进德智所拙，退耕力不任。
徇禄反穷海，卧疴对空林。
衾枕昧节候，褰开暂窥临。
倾耳聆波澜，举目眺岖嵚。
初景革绪风，新阳改故阴。
池塘生春草，园柳变鸣禽。
祁祁伤豳歌，萋萋感楚吟。
索居易永久，离群难处心。
持操岂独古，无闷征在今。

齐梁诗人更是将对仗作为诗歌创作最重要的一种修辞技巧，甚至到了滥用对仗的程度。

可见，近体诗的对仗是从古诗里面发展过来的。近体诗一方面对对仗作出一些格律上的规定，另一方面也对对仗作了改革。在近体诗中，对仗成为律诗的必具要素，但近体诗中规定中间两联对仗，首尾原则上不用对仗，这其实也是革除齐梁体滥用对仗的弊病。所以，近体的修辞艺术，其实是对句和散句的平衡合理的使用。这也是我们掌握近体诗的体制特点时必须注意的。

2.对仗有哪些基本要求？

诗词中的对仗除了一般地要求相对的两个句子字数相等、结构相似之外，还要求它们字面相对，并且词性一致。

（一）字面相对。所谓字面相对，就是构成对仗的字词意义相对或相反。如：

江间波浪兼天涌，
塞上风云接地阴。（杜甫《秋兴八首》其一）

在这一联中，"江间"对"塞上"，"波浪"对"风云"，"兼天涌"对"接地阴"，字面意义都是两两成对的；动词"连"和"接"相对，名词"天"和"地"相对，字面意义也是相对的。又如：

新松恨不高千丈，

恶竹应须斩万竿。（杜甫《将赴成都草堂途中有作先寄严郑公五首》其四）

在这一联中，"新松"对"恶竹"，"恨不"对"应须"，"高千丈"对"斩万竿"，字面意义正好相反，表达出很鲜明的爱憎。

（二）词性一致。所谓词性一致，是指对仗的字词的词性要求一致。一般来说，名词和名词相对，动词和动词相对，形容词和形容词相对。如：

欲寻芳草去，

还与故人违。（孟浩然《留别王维》）

"欲"和"还"都是连词，"芳草"和"故人"都是名词，"去"和"违"都是动词。

（三）诗歌中的对仗，除了上述两个要求之外，还有不能在对应的位置用同一字。比如"昔我往矣,杨柳依依;今我来思,雨雪霏霏",有点类似于后人所说的扇对,但是在对应位置上出现同一个字,不是真正意义上的对仗。这类看起来和对仗很接近的修辞格,在古体诗里较多出现,如"春洲生荻芽,春岸飞杨花"(梅尧臣《河豚鱼》)之类。初学者要注意,不要将此类也认成是对仗。

3.关于对仗的类型有哪些说法?

关于对仗的不同类型,南朝人已经有所讨论。刘勰《文心雕龙·丽辞》将对仗分言对、事对、反对、正对这四种类型:

> 故丽辞之体,凡有四对:言对为易,事对为难,反对为优,正对为劣。言对者,双比空辞者也;事对者,并举人验者也;反对者,理殊趣合者也;正对者,事异义同者也。

所谓言对是指直陈胸臆,率而成对,刘氏举司马相如《上林赋》"修容乎礼园,翱翔乎书圃"为例。事对类似于后来对仗中用典一种,刘氏举宋玉《神女赋》:"毛嫱障袂,不足程式;西施掩面,比之无色"为例。反对是指两句表达的意思,是相反并且相成的,刘氏举王粲《登楼赋》"钟仪幽而楚奏，庄舄显而越吟"为例。正对是指两句所说的事情虽然不同，但是含意是一样的。刘氏举张孟阳《七哀》"汉祖想枌榆，光武思白水"为例。这种有关对仗形式的讨论，对于我们分析诗歌的对仗艺术，应该是有所启发的。

唐人继续讨论对仗的类型问题。处于律诗最初定型时期、讲究形式的初唐人对此尤感兴趣。上官仪《笔札华梁》有六种对、八种对之说。我们姑且据《诗人玉屑》所引略陈于下：

唐上官仪曰：诗有六对：一曰正名对，天地日月是也；二曰同类对，花叶草芽是也，三曰连珠对，萧萧赫赫是也，四曰双声对，黄槐绿柳是也，五曰叠韵对，彷徨放旷是也，六曰双拟对，春树秋池是也。

又曰：诗有八对：一曰的名对，"送酒东南去，迎琴西北来"是也。二曰异类对，"风织池间树，虫穿草上文"是也。三曰双声对，"秋露香佳菊，春风馥丽兰"是也。四曰叠韵对，"放荡千般意，迁延一介心"是也。五曰联绵对，"残河若带，初月如眉"是也。六曰双拟对，"议月眉欺月，论花颊胜花"是也；七曰回文对，"情新因意得，意得逐情新"是也。八曰隔句对，"相思复相忆，夜夜泪沾衣；

空叹复空泣,朝朝君未归"。

后人关于对仗类型的分析还有种种说法,但是大抵不出上述范畴。这些关于对仗类型的讨论,有助于我们更加深入地认识对仗艺术的形式技巧,但注意不要过于拘泥这些分类。在实际的应用中,对仗艺术的形式是层出不穷、变化多端的。所以真正艺术高妙、立意远大的诗家,都不太讲究这类理论。

下面我们有选择地讲讲工对、宽对、流水对、隔句对、当句对,以及广泛使用的借对这几种对仗的名目。

4.何为工对?何为宽对?

工对即词性完全相同的对仗。如:

两个黄鹂鸣翠柳,
一行白鹭上青天。(杜甫《绝句》)

"黄鹂"对"白鹭","翠柳"对"青天",不仅是名词对,而且还包含颜色对。"两个"对"一行",量词和量词相对,名词和名词相对,"鸣"和"上"是动词对。像这样上下句每个词的小类都是一致的，是标准的工对。

工对以追求对仗的工整为目的。怎样才算对得工整，在理解上还是有程度的差异的。古人还有的名对的说法，即将名词又分为各种小类，天文、地理、山川、草木、鸟兽之类。要求不仅词性相对，而且词的小类也要相对。这样的对仗要求很严格，其效果是造成形式上珠联璧合、铢两悉称的美感，所谓精工之致。李商隐的七律诗，在对仗上就有这样一种追求。如：

> 庄生晓梦迷蝴蝶，
> 望帝春心托杜鹃。（《锦瑟》）

> 一春梦雨常飘瓦，
> 尽日灵风不满旗。（《重过圣女祠》）

> 彩树转灯珠错落，
> 绣檀回枕玉雕锼。（《富平少侯》）

可以说，在对仗的精工细密方面，李商隐对杜甫等人又有所发展。但是这只是对仗艺术的一个方向，并非所有对仗，都写成这样子。像上举例子中，"青天"对"翠柳"就不是的名对。因为"天"是天文类,"柳"是草木类。又如杜诗"五更鼓角声悲壮,三峡星河影动摇","鼓角"与"星河"也不是一个词类。并且"鼓角"是联合词组,"星河"是偏正词组,结构上也有差异。但应该都是属于工对的。

宽对的一个意思,就是词类上面放得很宽,不是那么铢两悉称的感觉。如骆宾王《在狱咏蝉》的颔联:

那堪玄鬓影,
来对白头吟。

"那堪"与"来对",对的意味就不是那么明显。但仔细体会起来,还是对。又如杜甫《题张氏隐居》的颔联:

涧道余寒历冰雪,
石门斜日到林丘。

这一联,乍一读看,对仗的意味也不是很明显。主要是因为"石门"对"涧道","斜日"对"余寒",甚至"林丘"对"冰雪",都给人对得不是那么工整的感觉。可以说,在一般的印象里,这些词语,我们都不会想到用它们作对的。其实,这正是对仗的无穷妙用。对仗艺术不只有工对一个方向，还有宽对的一种艺术处理。宽对有时能造成更多的变化之美，让人感觉对仗可以层出无穷，而且宽对能破除匠气，在叙事达意方面也有妙用。我们上面所举骆宾王、杜甫的两联就是这样。当然，初学律诗的人，还是以求工对为主。宽对其实是更为纯熟、变化多端的一种对仗艺术。在对仗艺术的处理上，唐人多以自然的工对为主，宋人则多利用宽对来破匠气，如黄庭坚《汴岸置酒赠黄十七》的颔联：

> 黄流不解涴明月，
> 碧树为我生凉秋。

晚清同光体诗人也善用宽对，如陈三立《人日》的颈联：

> 江湖意绪兼衰病，
> 墙壁公卿问死生。

蜀中诗人赵熙的律诗也多宽对，如《游石景山诗九首》（其二）的颔联：

> 小坐一餐如旅客，

出城八里属良乡。

总而言之，对仗的工与宽是相对而言的，与艺术的高低也不是一回事。总的来说，对仗要掌握在工整中求流动，在稳雅中见变化这一大的原则。

5.何为流水对？

流水对又称十字对，十四字对。

对仗中上下句的关系，一般来说是两个相对的句子，比如：

城阙辅三秦，
风烟望五津。（王勃《送杜少府之任蜀州》）

丛菊两开他日泪，
孤舟一系故园心。（杜甫《秋兴八首》其一）

上下联都是两个意思完整的独立的句子。流水对则是上下两联的意思紧密相联，光看一联，无法知道其全部意思，得两联合在一起，意思才是完整的。比如沈佺期的

《杂诗》：

> 久戍黄龙戍，频年不解兵。
> 可怜闺里月，长在汉家营。
> 少妇今春意，良人昨夜情。
> 谁能将旗鼓，一为取龙城。

中间的两联，流水对的味道都很足。如只看"可怜闺里月"，意思还是不完整，必须两句连在一起，才是一个完整的句子。可见流水对的要点，在于文字上严格按照对仗修辞的前提下，又造成对仗两句之间意思上的紧密联系。这的确是要求更高的语言艺术，也造成更丰富的美感。

唐人有鉴于六朝诗人对仗的呆板、合掌、隔绝词气之病，追求在充分体现对仗的修辞之美的同时，加强对仗的表情、达意、叙事等功能，使律诗更富于浑成、流转之美。因而其五七言律诗中，流水对的使用频率是较高的。这里略举数例以见概：

那堪将凤女，
还以嫁乌孙。（沈佺期《送金城公主适西番应制》）

可怜江浦望,

不见洛桥人。(宋之问《途中寒食》)

故乡临桂水,

今夜眇星河。(张九龄《旅宿淮亭口号》)

时有落花至,

远随流水香。(刘眘虚《阙题》)

才是寝园春荐后,

非关御苑鸟衔残。(王维《敕赐百官樱桃》)

羞将短发还吹帽,

笑倩旁人为正冠。(杜甫《九日蓝田崔氏庄》)

此时对雪还相忆,

送客逢春可自由。(杜甫《和裴迪等蜀州东亭送客逢早梅相忆见寄》)

欲为圣明除弊事,

肯将衰朽惜残年。(韩愈《左迁蓝关示侄孙湘》)

对仗篇 | 107

玉玺不缘归日角，

锦帆应是到天涯。（李商隐《隋宫》）

这样的例子多不胜举。诗词爱好者在平素阅读古人诗句时，多注意这种俗称流水对的对仗艺术，对其律诗写作艺术的提高是很有益处的。

6.何为隔句对？

"隔句对"这一名目，初见于上官仪《笔札华梁》。那里面说诗有八种对，"八曰隔句对，相思复相忆，夜夜泪沾衣；空叹复空泣，朝朝君未归。"一般的对仗，是相邻的句子两两成对；而所谓隔句对，则是在四句诗中，第一句与第三句对，第二句与第四句对。从形式上看，就像一个打开的扇面，所以又称扇对。近体诗中隔句对的使用并不广泛，如李白《送殷淑》：

白鹭洲前月，天明送客回；
青龙山后日，早出海云来。

杜甫《哭台州郑司户苏少监》：

> 得罪台州去，时危弃硕儒；
> 移官蓬阁后，谷贵没潜夫。

白居易《夜闻筝中弹潇湘送神曲感旧》：

> 缥缈巫山女，归来七八年。
> 殷勤湘水曲，留在十三弦。

七言如郑谷《将之泸郡旅次遂州遇裴晤员外谪居于此话旧凄凉因寄二首》其二：

> 昔年共照松溪隐，松折溪荒僧已无；
> 今日重思锦城事，雪消花谢梦何如。

苏轼《用前韵再和许朝奉》：

> 邂逅陪车马，寻芳谢朓洲。
> 凄凉望乡国，得句仲宣楼。

论其渊源，有人远追至《小雅·采薇》"昔我往矣，杨柳依依；今我来思，雨雪霏霏"。可见本来也是对仗修辞中自然发生的一种形式。隔句对也是四六文常用的对仗形式，近体诗中隔句对的使用，就受到骈文的影响，但不普遍，不

对仗篇 | 109

必刻意追求。

7.何为当句对?

所谓当句对,即一联诗不仅上下句是对仗,句子中也使用对仗的形式。洪迈《容斋续笔·诗文当句对》:"唐人诗文,或于一句中自成对偶,谓之当句对。"严羽《沧浪诗话·诗体》又称当句对为"就句对":"有就句对,又曰当句有对。如少陵'小院回廊春寂寂,浴凫飞鹭晚悠悠',李嘉祐'孤云独鸟川光暮,万里[①]千山海气秋。"如按这个标准,杜甫《秋兴》"画省香炉违伏枕,山楼粉堞隐悲笳"也属当句对,其中"画省"与"香炉","山楼"与"粉堞",各自都能成对。

唐宋人七律中还有一种形式,即在句中有规律地重用一字。相较上一种形式,似乎更常见,也更值得借鉴。下面略举数例以见概:

山压天中半天上,
洞穿江底出江南。
(王维《送方尊师归嵩山》)

---

① "里"一作"井"。

桃花细逐杨花落,

黄鸟时兼白鸟飞。

（杜甫《曲江对酒》）

池光不定花光乱,

日气初涵露气干。

（李商隐《当句有对》）

座中醉客延醒客,

江上晴云杂雨云。

（李商隐《杜工部蜀中离席》）

宋人如：

梨园法部兼胡部,

玉辇长亭复短亭。

（刘子仪《咏唐明皇》）

南岭禽过北岭叫,

高田水入低田流。

（梅尧臣《春日拜垄》）

野水自添田水满，
晴鸠却唤雨鸠归。

（黄庭坚《自巴陵略平江临湘入通城无日不雨至黄龙奉谒清禅师继而晚晴邂逅禅 客戴道纯款语作长句呈道纯》）

今人写作律诗，在对仗时，还是以讲究自然为主，不必为求形式上的美观，刻意地使用各种特殊的对仗形式。古人运用各种特殊的对仗形式，也是本着自然的原则的。水到渠成，方能不仅形式工妙，而且诗意丰富，境界圆融。

8. 何为借对？

借对，或称假对。借对分为两种，一种是借义，就是利用词的多义性，通过该词的某一义项与对句中相应的字词构成对仗。例如杜甫《曲江》：

酒债寻常行处有，
人生七十古来稀。

又杜甫《九日》：

竹叶于人既无分，

菊花从此不须开。

杜牧《商山富水驿》：

当时物议朱云小，
后代声华白日悬。

"寻常"是副词，意指平常，这里借用其作为数词的含义（"八尺为寻，倍寻为常"），与对句中的"七十"构成对仗。"竹叶"是酒名，这里借"叶"字来对"花"。"朱云"是人名，这里借其中的"朱"字与"白"对、"云"字与"日"对。这些都是借义的例子。

借对的另一种是借音对。所谓借音对，就是利用字词之间的同音关系来和相应的词构成对仗。例如孟浩然《裴司士见访》：

厨人具鸡黍，
稚子摘杨梅。

李白《送内寻庐山女道士李腾空》

水舂云母碓，
风扫石楠花。

对仗篇 | 113

按,借"杨"(谐音"羊")来对"鸡",借"楠"(谐音"男")来对"母",这是借音。

借音对多见于颜色对,如借"篮"为"蓝",借"沧"为"苍",借"清"为"青",借"珠"为"朱"等。各举一例以见概:

> 偶值乘篮舆,
> 非关避白衣。
>
> (王维《酬严少尹见过》)

> 一卧沧江惊岁晚,
> 几回青琐点朝班。
>
> (杜甫《秋兴八首》)

> 思家步月清宵立,
> 忆弟看云白日眠。
>
> (杜甫《恨别》)

> 红楼隔雨相望冷,
> 珠箔飘灯独自归。
>
> (李商隐《春雨》)

借对用得好，可以在不损害诗意表达的同时，构成极为精妙的对仗。如下面两例，都是利用借义成对的例子：

回日楼台非甲帐，
去时冠剑是丁年。

（温庭筠《苏武庙》）

坐上清歌闻子夜，
人生行乐及丁年。

（清人缪慧远《友人过访》）

前一联中，丁年本是壮年之意，这里借用"丁"作为天干之一的义项，与"甲"构成对仗，极为精工。后一联子夜对丁年，《子夜》本是曲名，丁年是壮年之意，从字面上看，子和丁是干支对，夜和年是时辰对，更加精妙。

9. 近体诗使用对仗有哪几种情况？

近体诗中，律诗必须用对仗，而且对仗的位置也是固定的。一般来说，除了首、尾两联外，中间各联都是要求对仗的。对五律和七律来说，就是颔联和颈联必须对仗，例如（诗中加着重号的是对仗）：

赠孟浩然
李白

吾爱孟夫子，风流天下闻。
红颜弃轩冕，白首卧松云。
醉月频中圣，迷花不事君。
高山安可仰，徒此揖清芬。

和贾舍人早朝大明宫之作
王维

绛帻鸡人报晓筹，尚衣方进翠云裘。
九天阊阖开宫殿，万国衣冠拜冕旒。
日色才临仙掌动，香烟欲傍衮龙浮。
朝罢须裁五色诏，佩声归向凤池头。

一般来说，一首律诗，只要颔联和颈联对仗就符合要求了。首联或尾联可以对仗，也可以不对，以不对为多。如果尾联或首联也对仗，那么一首律诗中就有三联都对仗了。相对而言，首联和颈联、颔联都对仗的例子还是较多的：

在狱咏蝉

骆宾王

西陆蝉声唱,南冠客思侵。

那堪玄鬓影,来对白头吟。

露重飞难进,风多响易沉。

无人信高洁,谁为表予心。

奉和中书舍人贾至早朝大明宫

岑参

鸡鸣紫陌曙光寒,莺啭皇州春色阑。

金阙晓钟开万户,玉阶仙仗拥千官。

花迎剑佩星初落,柳拂旌旗露未干。

独有凤凰池上客,阳春一曲和皆难。

也有尾联和颈联、颔联都对仗的例子:

泊扬子岸

祖咏

才入维扬郡,乡关此路遥。

林藏初霁雨,风退欲归潮。

江火明沙岸,云帆碍浦桥。

客衣今日薄，寒气近来饶。

闻官军收河南河北

杜甫

剑外忽传收蓟北，初闻涕泪满衣裳。
却看妻子愁何在？漫卷诗书喜欲狂！
白首放歌须纵酒，青春作伴好还乡。
即从巴峡穿巫峡，便下襄阳向洛阳。

也有四联全用对仗的：

收京三首（其一）

杜甫

仙仗离丹极，妖星照玉除。
须为下殿走，不可好楼居。
暂屈汾阳驾，聊飞燕将书。
依然七庙略，更与万方初。

登高

杜甫

风急天高猿啸哀，渚清沙白鸟飞回。

无边落木萧萧下,不尽长江滚滚来。
万里悲秋常作客,百年多病独登台。
艰难苦恨繁霜鬓,潦倒新停浊酒杯。

也有极少的唐人律诗,四联中完全不用对仗,但是平仄与起承转合都符合律诗的要求,也被视为律诗。严羽《沧浪诗话》卷五说:"有律诗彻首尾不对者,盛唐诸公有此体。"并举李白和孟浩然二诗为证:

夜泊牛渚怀古

李白

牛渚西江夜,青天无片云。
登舟望秋月,空忆谢将军。
余亦能高咏,斯人不可闻。
明朝挂帆席,枫叶落纷纷。

舟中晓望

孟浩然

挂席东南望,青山水国遥。
舳舻争利涉,来往接风潮。
问我今何适?天台访石桥。

坐看霞色晓，疑是赤城标。

李白此首，可以说完全不用对仗。孟浩然的这一首，颔联似对非对，介乎对与不对之间。这种形式，其实介于古诗和标准的律诗之间，正是律诗尚未定型时的一种中间状态。杨慎《升庵诗话》卷二说："五言律八句不对，太白、浩然集有之，乃是平仄稳帖古诗也。"即认为它是合律的古诗。但一般的唐诗选本，如清人沈德潜《唐诗别裁集》等，还是将其归入五律。

10. 何为偷春格？

律诗的通常格式，是中间两联必须对仗。但有一种特殊的格式，是颔联不用对仗，首联和颈联对仗。初唐律诗中有不少名作，都采用了这种格式：

送杜少府之任蜀州
王勃

城阙辅三秦，风烟望五津。
与君离别意，同是宦游人。

海内存知己,天涯若比邻。
无为在歧路,儿女共沾巾。

望月怀远
张九龄

海上生明月,天涯共此时。
情人怨遥夜,竟夕起相思。
灭烛怜光满,披衣觉露滋。
不堪盈手赠,还寝梦佳期。

律诗中这种特殊的对仗格式,名曰偷春格。为什么叫偷春格呢?沈括《梦溪笔谈》的解释很形象:"次联不拘对偶,疑非律诗,然起二句明系对举,谓之偷春格,如梅花偷春色而先开也。"总的来说,这一格式在五律中是比较常见的,七律则罕见。又就时代而论,则初盛唐比较多,中晚唐则较少。但也不是没有,试举晚唐一例:

题严陵钓台
王贞白

山色四时碧,溪声七里清。
严陵爱此景,下视汉公卿。

垂钓月初上,放歌风正轻。

应怜渭滨叟,匡国正论兵。

11. 何为蜂腰格?

偷春格外,律诗的对仗还有一种变格,称为蜂腰格。所谓蜂腰格,其实就是一首律诗中,只有颈联对仗:

塞下曲
李白

五月天山雪,无花只有寒。

笛中闻折柳,春色未曾看。

晓战随金鼓,宵眠抱玉鞍。

愿将腰下剑,直为斩楼兰。

折杨柳
张九龄

纤纤折杨柳,持此寄情人。

一枝何足贵,怜是故园春。

迟景那能久,流芳不及新。

更愁征戍客,骜老边城尘。

宋人魏庆之所辑《诗人玉屑·诗体》认为："颔联亦无对偶，然是十字叙一事，而意贯上二句，及颈联，方对偶分明。谓之蜂腰格，言若已断而复续也。"这是从诗意的贯通角度来解释的，即颔联虽不对仗，但上下句所叙为一事，到颈联方对仗。从形象上看，本该都是对仗的两联，仿佛在颈联断了一下，所以叫已断而复续。

法度篇

1. 何为诗法？

诗法是古人常用的一个概念，其涵义是很丰富的。广义的诗法，是指诗歌创作的各种原理与法则。狭义的诗法，则主要是指诗人在特定的体裁中创造出一种诗歌语言，并深造古人所说的"诗家三昧"。这里我们所说的，主要还是狭义的诗法，也就是诗人创造诗歌艺术的各种语言法则的总称。

诗法客观地存在于一切的诗歌作品中，汉儒总结出来的"赋、比、兴"，也是一种诗法。但后人所说的诗法，主要是指诗的字法、句法、章法等内容。南朝诗人，开始对诗法有所揭示、总结，如《南史·王筠》载谢朓语云："好诗圆美流转如弹丸。"（后人多引作谢朓语）又如颜之推《颜氏家训·文章篇》记载沈约之语："文章当从三易：易见事，一也；易识字，二也；易读诵，三也。"可以说，随着声律、对仗等因素的更加突出，人们对诗歌语言使用上的各种法则也开始有意识地探讨，并加以总结。杜甫创作的一个重要特点，就是比前人更加自觉地探讨法度，他的诗句"法自儒家有"（《偶题》）、"佳句法如何"（《寄高三十五书记》），即是对其诗法意识的明确表述。后来的宋诗作者，如江西诗派、江湖诗派，都十分重视诗法。

当然，一切文学创作的法则，尤其是语言方面的法则，都是相对的，并且有许多地方是只可意会，不可言传的。所以，我们一方面要重视诗法的客观存在，在学习古人的经典作品时，仔细体会其在声韵、对仗、炼句、布局等方面的成功法则，同时又要辩证地理解有法与无法的关系。任何一个经典的作品，都是独一无二的创造；任何一次成功的创作经验，都是可以借鉴但不可能复制的。

2. 为何写诗要讲究锤炼？

诗歌是一种高度发展的语言艺术，诗歌的语言是最富于表现力的语言。因此，古代诗人们都十分重视对语言的锤炼，又称烹炼、烹锤。就是说像锤打钢刀一样，要使锋颖锐利；又像是烹饪美食一样，要烹出滋味。

诗歌写作上这种锻炼、烹炼的特点，近体诗比古体诗更加突出。这是因为近体诗的篇幅是完全固定的，并且讲平仄，须对仗。在一种完全固定的格律诗中，诗人在篇幅、句子的长短上是没有任何的自由的，所以章法、句法及炼字、炼句显得更加重要。不仅如此，事实上近体诗在表现深刻的思想甚至丰富的感情、生动的形象、复杂的事物等方面，都不像古体诗、古乐府那样自由。所以，对于近体诗来讲，如何创造诗意丰富、富有传神效果、隽永趣味的语言,这个问题显得更加的急迫。这就是近体诗以及词的写作,特别要求冥思苦索、锤炼精工的原因。古人将写诗叫做寻诗,造句叫做炼句,就是这个原因。

锤炼是古今不少诗派、诗人写作上的不二法门。南宋人魏庆之《诗人玉屑》专列"锻炼"一卷,收集唐宋诗人关于锤炼诗句的实例与观点。兹录数条,以供参考:

炼句不如炼字,炼字不如炼意,炼意不如炼格。(《金针格》)

唐人虽小诗,必极工而后已。所谓旬锻月炼,信非虚言。(《笔谈》)

赋诗十首,不若改诗一首,少陵有"新诗改罢自长吟"之句,虽少陵之才,亦须改定。(《室中语》)

百炼为字,千炼成句。(皮日休)

老杜云:"新诗改罢自长吟。"文字频改,工夫自出。近世欧公作文,先贴于壁,时加窜定,有终篇不留一字者。

法度篇 | 129

鲁直长年多改定前作，此可见大略。如宗室挽诗云："天网恢中夏，宾筵禁列侯。"后乃改云："属举左官律，不通宗室侯。"此工夫自不同矣。(《吕氏童蒙训》)

当代人写作旧体诗词之所以缺少佳作，没有很好地领会古人写诗讲究锤炼、烹炼的三昧是重要的原因。

3. 怎样炼字？何为诗眼？

诗词写作中，炼字是最常见的作法。炼字包括在酝酿诗句时，反复推敲以求一字之工，一字之安；也包括在写好了诗句之后，甚至一首诗完成之后，反复修改一个字。这种修改甚至是没有时间期限的。有时候诗人会翻出多年前的旧作，修改其中的字句。如果将明清人中流行的替他人、古人改诗句的做法也算在里面的话，那么炼字甚至可以说是跨时空的。事实上，流传至今的唐人诗句中，有的是被明清人改动过的。越是名篇、名句，越有可能存在这种情况。唐诗之所以多有异文，这也是一个原因。当然，这种作法，在现代不值得提倡。现代人要尊重个人的创作权，除非得到作者本人的许可，是不应该随便地改动他人作品中的字句的。

关于炼字的例子，古人诗话、笔记中常有记载。如《诗人玉屑》引《唐子西语录》的记载说,有僧人拿自己咏御沟的诗给皎然看。其中一句云:"此波涵圣泽"。皎然说"波"字未稳,应当改,僧人负气而去。皎然知道他一定还会回来,就取笔写一"中"字在手掌中。果然不久僧人就回来,并且问:"改为'中'字如何?"皎然摊开手掌给他看,两人就此定交。"此中涵圣泽"比"此波涵圣泽"更好,是很明显的。"涵圣泽"三字,已经包含"波"的意思在内,将一实字的波,改为虚字化的"中",不仅不隐晦,反而使形象更为生动。

又同书引《漫叟诗话》,说到杜甫的诗句"桃花细逐杨花落,黄鸟时兼白鸟飞"。徐师川看到过老杜的墨迹,上面写着"桃花欲共杨花语",又用淡墨将"欲共"改为"细逐","语"改为"落"。这种修改的好处也是很明显的。

又比如清代崔华的"丹枫江冷人初去,黄叶声多酒不辞"(《浒墅舟中别相送诸子》),沈德潜在将其选入《清诗别裁集》时,改"丹枫"为"白蘋",认为"丹枫"对"黄叶",不无合掌之嫌。这些例子,都可以供我们学诗时参考,学习怎样炼字、改诗。

至于"诗眼",有时又称"句眼""诗中之眼"。这是一种形象的说法。人的精神,全在眼中呈现。我们看一个的眼神、眼光,他的心理与气质都在其中了。"诗眼"也是这个意思，通过一个字，造成一句的神韵与意境，就像人的眼睛对于传达一个人的精神那样重要。"诗眼"的说法，似乎与禅宗有一定的关系。黄庭坚《论写字法》："盖字中无笔，如禅句中无眼，非深解宗理者未易及此。"他的论诗，也有"句中有眼"之说，如"拾遗句中有眼，彭泽意在无弦。"（《赠高子勉》）。从他以后，江西诗派论诗，便多有"诗眼"之说。如范温的诗话，直接以诗眼名篇，称《潜溪诗眼》。

但最早论诗眼，并不着眼于一字之炼，而是指全诗在关键的地方富有表现力，能创造意境。至后人则有"五言以第三字为眼，七言以第五字为眼的说法"（《诗人玉屑》卷三）。这是因为五、七言诗句，在这些地方，多是使用动词、形容词及助字之类，这就有一个怎么选择字词以求表达形象、效果传神的问题。其实在实际的创作中，南朝人就已注意到这一点。最著名的例子如谢灵运的"池塘生春草，园柳变鸣禽"（《登池上楼》）、谢朓的"余霞散成绮，澄江静如练"（《晚登三山还望京邑》），"变"字、"散"字，即是诗中之眼。杜甫、李商隐、黄庭坚乃至永嘉四灵等人的诗，特别重视动词与形容词的选择，其例甚多，读者自可参会，兹不赘举。诗眼理论，也主要运用于近体诗的创作。

4. 何为章法？

写诗要讲章法。章法的"章"有两义：第一个意义是"文章"之章，所以"章法"也就是文章之法。较早讲写作上章法问题的，是刘勰《文心雕龙》的《章句篇》。它是将章与句联在一起讲，其实是在讲章法，不是讲句法：

夫设情有宅，置言有位；宅情曰章，位言曰句。故章者，明也；句者，局也。局言者，联字以分疆；明情者，总义以包体：区畛相异，而衢路交通矣。夫人之立言，因字而生句，积句而成章，积章而成篇。

在诗歌的章法方面，我们说《诗经》、汉乐府古辞，都是分章，或分解。章法的问题显得不是特别重要。魏晋以来文人的五言诗，其篇幅长短是不固定的，所以内部的章法很有讲究。但也正因为篇幅是长短不定的，所以各人随心所运，在章法上也难以总结出某种规律。但是当时汉魏六朝的人在写作诗赋时，对章法之类的问题还是有所讨论的。这一点我们仍得感谢刘勰，他在谈到诗赋的转韵问题时，记载了魏晋人的一些看法：

若乃改韵从调,所以节文辞气。贾谊枚乘,两韵辄易;刘歆桓谭,百句不迁;亦各有其志也。昔魏武论赋[①],嫌于积韵,而善于资代。陆云亦称"四言转句,以四句为佳"。观彼制韵,志同枚贾。然两韵辄易,则声韵微躁;百句不迁,则唇吻告劳。妙才激扬,虽触思利贞,曷若折之中和,庶保无咎。

这是魏晋人讨论诗歌章法的宝贵资料,尽管它只讲到转韵中的章法问题。我们看曹操的诗歌,的确是转韵较多。最典型的就是《短歌行》:"对酒当歌,人生几何,譬如朝露,去日苦多。慨当以慷,忧思难忘,何以解忧,唯有杜康。"四句一转韵,正是"嫌于积韵,善于资代"。所谓"资代",即转换、迭代的意思。可见曹操写诗,在章法上是下了些工夫的。其他人当然也是这样,只是没有言论流传下来罢了。古诗篇幅一般较长,在这么长的篇幅中,不管转不转韵,其抒情叙事,总是要讲究段落层次的。这种段落层次的处理,就是章法。我们还以曹操《却东西门行》为例,这首诗是很见章法的:

[①] 范文澜《文心雕龙注》"赋"字下注:"顾云:《玉海》作'诗'。"

鸿雁出塞北，乃在无人乡。举翅万余里，行止自成行。冬节食南稻，春日复北翔。田中有转蓬，随风远飘扬。长与故根绝，万岁不相当。奈何此征夫，安得去四方？戎马不解鞍，铠甲不离旁。冉冉老将至，何时反故乡？神龙藏深泉，猛兽步高岗。狐死归首丘，故乡安可望。

此诗结构十分完整，可分为四层。前两层是比兴：从"鸿雁"句至"春日"句是第一层比兴；从"田中"句到"万岁"句，是第二层比兴。以上两层比兴，共八句，像长调词中的"双拽头"，一正一反，手法甚为巧妙。"奈何"六句，才是所咏本事，是"主"；前两层则是"客"。最后四句，又换了一副笔墨，是唱叹引情之笔。

章法，古人又叫布置。宋代《王直方诗话》："山谷云：'作诗正如作杂剧，初时布置，临了须打诨，方是出场。'盖是读秦少章诗，恶其终篇无所归也。"宋代范温《潜溪诗眼》中也记载："山谷言文章必谨布置，每见后学，多告以《原道》命意曲折。"韩愈的文章，最讲章法，长篇有长篇之法，短篇有短篇之法。

关于诗歌的章法，唐宋人留下一些分析的文字。如《诗人玉屑》卷五"诗意贵开辟"条：

凡作诗，使人读第一句知有第二句，读第二句知有第三句，次第终篇，方为至妙。如老杜"莽莽天涯雨，江村独立时。不愁巴道路，恐湿汉旌旗"是也。（《室中语》）

又"诗要联属"条：

大概作诗，要从首至尾，语脉联属，如有理词状。古诗云："唤婢打鸦儿，莫教枝上啼。啼时惊妾梦，不得到辽西。"可为标准。（《室中语》）

这都是讲章法，可以参考。

5. 何为起承转合？

近体诗的章法，习惯上用"起、承、转、合"这四个字来表述。其实起承转合，是任何文体都要讲求的。一篇文章，自然要有开头，叫起；有接续，叫承；中间有变化，叫转；最后是结束，叫合。

起承转合之所以成为近体诗艺术的结构法则，还是由近体诗的体制特征决定的。近体诗的篇幅是固定的。近体诗的篇幅是固定的，律诗是八句，绝句是四句。并且从格律上讲，"对粘对粘对粘对"这样一种往复回环的声律结构，与它在修辞上通常首尾两联使用散句而中间两联使用对句，共同造成近体诗平衡、对称、奇正相生的结构特点。这些因素，就是我们通常所说的近体诗的基本结构特点。近体诗的章法或者说结构安排，就是在这样一个相对固定的形式要求中产生的。它的最大的特点，就是起、承、转、合四部分在篇幅上是均匀地分开的。以律诗而论，共四联，每一联为一个结构单位，形成起承转合的四层。

近体诗这种起承转合的结构艺术，在作为律诗前身之五言八句的齐梁声律体里已经显现出来了。到了初盛唐之际，随着近体诗的定型与写作艺术的成熟，我们看到许多作品都自然而然地体现出起承转合的结构特点。从这个意义上说，近体诗的起承转合，是依据着体裁的一些要素自然地形成的。也就是说，五言八句或者七言八句，在抒情、写景、达意这样一些柔性的要素，以及声律、对仗结构这样一些硬性的规定的共同作用下，要达到有效的艺术效果，自然会形成起承转合这样的结构。开始时也许没人注意到这一点，没有总结出这种写作法则。但随着大量成功的作品都呈现出类似的特点，人们就开始概括出这种法则。后来一些诗论家，正是概括这种现象，提出起承转合的理论。讲得比较完整的是元人杨载《诗法家数》中"律诗要法"之"起承转合"条：

法度篇 | 137

破题

或对景兴起，或比起，或引事起，或就题起。要突兀高远，如狂风卷浪，势欲滔天。

颔联

或写意，或写景，或书事、用事引证。此联要接破题，要如骊龙之珠，抱而不脱。

颈联

或写意、写景、书事、用事引证，与前联之意相应相避。要变化，如疾雷破山，观者惊愕。

结句

或就题结，或开一步，或缴前联之意，或用事，必放一句作散场，如剡溪之棹，自去自回，言有尽而意无穷。

同书中又云：

五言七言，句语虽殊，法律则一。起句尤难，起句先须阔占地步，要高远，不可苟且。中间两联，句法或四字截，或两字截，须要血脉贯通，音韵相应，对偶相停，上下匀称。有两句共一意者，有各意者。若上联已共意，则下联须各意；前联既咏状，后联须说人事。两联最忌同律。颈联转意要变化，须多下实字。字实则自然响亮，而句法健。其尾联要能开一步，别运生意结之，然亦有合起意者，亦妙。

我们还是举具体的作品来谈起承转合的章法，以杜甫五律《登兖州城楼》为例：

> 东郡趋庭日，南楼纵目初。（首联，起）
> 浮云连海岱，平野入青徐。（颔联，承）
> 孤嶂秦碑在，荒城鲁殿余。（颈联，转）
> 从来多古意，临眺独踌躇。（尾联，合）

《登兖州城楼》是杜甫二十五岁时的诗作，艺术上已经很成熟了。但如果拿杜甫后来的作品来比较，这首诗还是整练有余，而奇变不足。给我们的感觉是法度很整严，但缺少变化灵动的气韵。起承转合只是一个艺术的法则，对于这个法则的运用却是变化无穷。即使是像杜甫这样的大诗人，他对这个艺术法则的运用和掌握，也是一个没有极限的探索过程。

我们不妨再举杜甫的一首七律《九日蓝田崔氏庄》，来看它是如何体现起承转合这一艺术法则的：

> 老去悲秋强自宽，兴来今日尽君欢。（首联，起）

法度篇 | 139

羞将短发还吹帽，笑倩旁人为正冠。（颔联，承）
蓝水远从千涧落，玉山高并两峰寒。（颈联，转）
明年此会知谁健，醉把茱萸仔细看。（尾联，合）

这是杜甫七律的一个代表作，它的律调精深，风格高亮，读起来有一种朗朗作响的感觉。诗歌内部的起承转合，也显得更加的内在，不是一看就能感觉到的。

通过对上述两首杜诗的分析，我们能大概明白律诗起承转合章法的大致含义了。但是，如何循着这个基本的法度，体会它在具体作品中运用的那种变化多端、奥妙无穷的境界，则是更加微妙、难以言传的东西。李西涯《麓堂诗话》说：

律诗起承转合，不为无法，但不可泥。泥于法而为之，则撑拄对待，四方八角，无圆活生动之意。然必待法度既定，从容闲习之余，或溢而为波，或变而为奇，乃有自然之妙，是不可以强致也。若并而废之，亦奚以律为哉？

从这些论述可见，起承转合作为律诗的一种基本结构艺术的明确性，以及该如何正确地理解它深奥的含义。一句话，还是我们说过的那句话，"法无死法，法无板法"，从有法中体会无法，从无法中寻找有法。我们写作律诗，或者欣赏律诗，在运用起承转合这一法则时，都要注意这样的辩证法。总之，起承转合是能概括近体诗尤其是律诗的基本章法，但不能死板地加以理解。

6. "填词"是怎么回事？

典型的词体，是篇有定句，句有定字，字有定声。一首词，严格地按照词谱的规定来写，严守声律。所以从写作的感觉来说，差不多逐字地敲定其声律。所以创作词叫填词。填词这个说法，由来已久。最早应该是指以词填入乐曲中，沈括《梦溪笔谈》卷五：

> 诗之外又有和声，则所谓"曲"也。古乐府皆有声有词，连属书之，如曰贺贺贺、何何何之类，皆和声也。今管弦之中缠声，亦其遗法也。唐人乃以词填入曲中，不复用和声。

杨缵《作词五要》：

> 第三要填词按谱。

这个谱，在词乐尚存的时代，就是曲谱。所以，填词的原来意思，是将词填到曲里面。沈括还直接称为"填曲"：

然唐人填曲，多咏其曲名，所以哀乐与声，尚相谐会。（《梦溪笔谈》卷五）

南宋程大昌《感皇恩》：

措大做生朝，无他珍异，填个曲儿为鼓吹！

在词曲还可唱的时代，"填曲"比"填词"能更准确地反映此体的写作特点。到了词乐失传后，就是规定了平仄及四声的声谱。即我们通常所说的"词谱"。

"填词"这个说法，的确反映了词体创作特点。相对来说，古体、歌行，在写作上趋于自然的言志抒情，而近体诗因为有一定格律的规定，就比较人工化一些。词比之近体诗，更加趋于人工化，更具有辞章艺术的特点。但是基本的原则，仍应该是由人工而返于自然。

初学填词者，有时会觉得这种字字依律的"填词"法，太有碍于自然的抒发，从而丧失对填词的信心。事实上任何艺术，都是有一种形式上的规定的，只不过词体更加繁复，难以像近体诗那样，格律熟练后会较多发生自然抒发的感觉。但填词的魅力也这正在这里，人工填就，最后却宛然天成，觉得一字、一词、一句都不可改变。这个时候，就能体会到填词的无穷魅力了。

7. 制散曲怎样处理好雅俗的关系？

诗、词、曲各有其艺术风格。相对而言，诗庄词媚。如果一定也要用一个字来概括，曲可以"新"为标志。曲的风格，变化多端，其中也有庄如诗，媚如词的，但其本色的风格，相对于诗词来说，总以尖新、泼辣、风趣为主。

写作散曲的要点，我认为在于处理好内容与语言上的雅俗关系。曲虽是在北方歌曲、戏曲的基础上发展起来的，但文人的制曲，无论是杂剧还是散曲，又都是属于文人诗歌的传统的，其所使用的文体，基本上还属于浅近的文言。这个语言上的基本特征，甚至可以说与近体诗、词是接近的。我们今天把诗、词、曲放在一起，当作中国古代诗体这一个大体系内几个不同的品种来处理，也是由于这个文人诗歌的写作传统及其使用文言的基本性质所决定的。

因此，诗、词、曲之间，一方面固然要强调它们的异，另一方面也要看到它们的同。同中有异，异中有同，才是诗、词、曲的真实关系。

周德清《中原音韵》中列"作词十法",其中"造语"指出"可作""不可作":

造语可作乐府语,经史语,天下通语。未造其语,先立其意,语意俱高为上。短章辞既简,意欲尽;长篇要腰腹饱满,首尾相法救。造语必俊,用字必熟。太文则迂,不文则俗。文而不文,俗而不俗,要耸观,又耸听,格调高,音律好,衬字无,平仄稳。

不可作俗语、蛮语、谑语、嗑语、市语、方语(各处乡谈也)、书生语(书之纸上,详解方晓;歌,则莫知所云)、讥诮语(讽刺,古有之。不可直述,托一景,托一物可也)。

周氏所述,虽是宋元时南方制曲文人的一种观念,相对来说,比较强调其"雅"的性质,并且主张"无衬字",与今人制曲的习惯有所不同,也不符合经典曲家的创作事实。但原则上说,他提出的这些曲体语言的使用标准,对于我们今天制散曲,还是有参考价值的。

今天散曲重又流行,北方的陕西、山西、北京一带尤其盛行。这与散曲的原生地正好呼应。当然南方也有相当多制散曲的人。散曲的流行有一定的道理。在文人的诗歌体裁系统之中，它是最后发生的，所以应该还有相当的体裁活力。散曲的语言，与北方话比较接近，并且因为入派三声，没有辨别入声的麻烦。这些都是它能流行的原因。但在诗、词、曲三体中，目前来看，诗、词两体还是重头。当代散曲的写作，不怕过文，只怕过俗。这是写作散曲所要注意的。

宗旨篇

1. 何为言志说？

诗言志是我国古代诗人、思想家关于诗歌本质的基本思想。这种思想在先秦时期就已经成熟，据《尚书·尧典》记载，舜命夔典乐，说到诗歌时有"诗言志，歌永言，声依永，律和声"之语。孔颖达在注解"诗言志"时说："诗言人之志意"，以"志意"释"志"，也是比较准确的。《毛诗·大序》也说："诗者，志之所之也。在心为志，发言为诗。情动于中而形于言，言之不足故嗟叹之，嗟叹之不足故永歌之，永歌之不足，不知手之舞之，足之蹈之。"这几句话，正是解释《尧典》"诗言志，歌永言"之义。

《大序》在"志"之外，又提出一个"情"字，可见"情"与"志"正是相互表里的。"志"指其中藏而言，是指人心中蕴藏的内心意志，"情"则似乎更是指这种内心意志在遭遇特定场合时的发生状态。所以，在古人的"诗言志"思想中，情志原本是一体的。但在后世诗人实际的创作思想中，常分"情"和"志"为两物。尤其是六朝诗人，提倡"诗缘情"之说，而这时期的"情"又偏重于男女之情这一类的日常生活情感，所以给人以偏离了"诗言志"传统的感觉。而后来注重诗歌思想内容、教化功能的诗人，又常以提倡"诗言志"来纠正过于缘情绮靡的创作倾向。

但总的来说，抒情言志是诗歌的基本宗旨。我们今天在实际的创作中，仍应该将情志结合起来体会。有学者认为诗言志是中国古代诗学的开山大纲，在今天仍然应该是我们进行诗歌创作的基本思想。

2. 何为情性说?

情性说也出于《毛诗·大序》。上面我们说过，《大序》论诗，原本就是情志一体之论。既然这样，言志之说就已充足了，为何又提出情性之说呢？原来，情性是作为一种功能之说提出的，是《大序》作者专为解释变风、变雅的创作现象及其功能而提出的。其原文是这样：

> 至于王道衰，礼义废，政教失，国异政，家殊俗，而变风、变雅作矣！国史明乎得失之迹，伤人伦之废，哀刑政之苛，吟咏情性，以风其上。达乎事变，而怀其旧俗也。故变风发乎情，止乎礼义。发乎情，民之性也；止乎礼义，先王之泽！

这实在是中国古代最伟大的诗歌思想之一。它在原本的言志说、抒情说的基础上，对诗歌艺术的本质及其伦理规范，有更加深刻的揭示。从此以后，"吟咏情性"就成了中国古代诗人创作诗歌的基本思想。尽管不同的诗学流派，不同时代的诗人，对其内涵会有不同的理解，但基本方向是确定了的。

《大序》情性说对中国古代诗人实际的影响，恐怕比言志说要更大。"言志说"就其原典的内涵来讲，本来是包括了后起的缘情、性情诸说在内的。诗人在创作中常常直接表白"言志"的主张。尤其是汉魏之际的诗人，紧守"诗言志"之说，其诗歌题目往往直接标以"言志""见志"字样，如郦炎《见志诗》、仲长统《言志诗》，曹操更是将原为乐歌的乐府诗也改造为言志之体，屡次说到"歌以咏志""歌以言志"。这说明汉魏之际的诗人在创作诗歌时，是直接受到"言志说"影响的。但也正在此时，诗人对"志"的理解，更偏重于带有更多伦理追求的、有明确的社会行为目的的主观意志，而偏于感性的日常感情则更多地用情来表达。如魏晋人写诗，有标以志，也有标以情的，如张华《情诗》、繁钦《定情诗》等。西晋时期，缘情比言志更为流行，所以陆机有"诗缘情以绮靡"之说，实为中国古代缘情派的诗学纲领。言志与缘情分为两流，似乎也是从这个时候开始的。

但"缘情绮靡"之说，在唐宋诗人那里，不被视为诗学的正确宗旨。对于唐宋诗人来讲，出于《毛诗·大序》的"吟咏情性"之说更为他们所重视。唐人论诗，正是以情性为基本宗旨的。李延寿《南史·文学传论》："文章者，盖情性之风标，神明之律吕。"令狐德棻《周书·庾信传论》："原夫文章之作，本乎情性，覃思则变化无穷，形言则条流逾广。"孔颖达《毛诗正义序》用"发诸情性，谐于律吕"八个字，对诗歌的艺术本质与审美特征做了高度的概括。李隆基《答李林甫等请颁示太子仁孝诗诏》："诗者，志之所之也。将以道达性情，宣扬教义耳。"白居易《读张籍古乐府》在极力称赞张氏乐府诗符合六义之旨、包含讽喻之后，带有总结性地说："上可裨教化，舒之济万民。下可理情性，卷之善一身。"上述理论表述在唐人那里是很有代表性的。中国古代的重要诗人与诗歌理论家，都有他们自己的情性说。这种情性说往往根据《毛诗·大序》"吟咏情性"的理论，结合其当代及其个人的诗歌创作情况，有针对性地提出自己的诗歌主张。如宋代诗人黄庭坚的情性说就是这样，他强调合道不怨，主张诗歌对遭遇不平的诗人的调释作用，但不主张过于直露的情绪宣泄式的诗歌，认为那不符合"诗者，人之性情"的原则。

除了情性之外，古代诗人常说的"情灵"、"性灵"，其义与情性相近。如钟嵘《诗品》用"摇荡性灵，形诸舞咏"来说诗，《周书·庾信传论》概括历代文人之作云："并陶铸性灵，组织风雅。"都是出于《毛诗·大序》，但在具体内涵上有发展。

无论是言志说，还是情性说、缘情说，都是强调诗歌艺术的抒情本质，对于我们当前的诗歌创作仍有重要的指导意义。当代的旧体诗词，失去情性之义、缺少抒情内涵的不在少数。所以，今天的诗人，如果想要在艺术上取得成就，研究一下传统的情性说是很有必要的。当然，情性说主要是一个实践的原则，不是抽象的理论表述。诗人的宗旨，在于用自己的创作来实践"诗言志"、"吟咏情性"、"诗缘情"等艺术原则，创作出具有情性之美的诗歌。

3. 何为讽谕说？

讽谕说也渊源于《毛诗·大序》。《大序》不仅指出诗的本质在于情志的发动，还指出诗的伟大功用："正得失，动天地，感鬼神，莫近于诗。先王以是经夫妇，成孝敬，厚人伦，美教化，移风俗。"这些并非空洞的观念，而是对诗的社会伦理价值的正确概括。在此基础上，《大序》作者进一步提出了风刺之说，作为诗能够更好地达到上述功能的一种创作方法，即"风"与"刺"。其主要的理论是这样的：

> 故诗有六义焉，一曰风，二曰赋，三曰比，四曰兴，五曰雅，六曰颂。上以风化下，下以风刺上，主文而谲谏。言之者无罪，闻之者足以戒，故曰风。

"风刺"即后世诗学中的"讽刺"，当然其涵义是有所变化的。讽谕之"谕"，即晓谕、示谕、意谕的意思。《大序》没有说到这个"谕"，但是"主文而谲谏，言之者无罪，闻之者足以戒"，正是"谕"的意思。

讽谕也是中国古代诗歌的优良传统之一，它与"言志""吟咏情性"其实是互为表里的。说"言志""吟咏情性"时，是侧重于诗歌对主体的思想感情的表达而言，强调诗歌是从主体中发生，并且对主体有一种调释、平衡的功能。提出"讽谕"的方法，则是强调诗歌的一种社会功能，是对外而言的。但是言志与吟咏情性是根本，而讽谕则是方法。

当然，有一种诗歌，特别地突出其中的讽谕功能，这种诗古人常称其为讽谕诗。最突出的例子，就是白居易在给他自己编辑诗集时，将主要指向政治教化、有所为而作的一类诗，如《新乐府》《秦中吟》等，标以"讽谕"之目，与其"闲适"、"感伤"两类在价值的指向上有所不同，在写作的方法上也有差异。而元稹、白居易这一派新乐府运动的作者，其创作实践与理论，也被视为传统诗歌讽谕说的集大成者。其理论的要点，是认为最有价值的诗，或者说合乎儒家"六义"之道的诗，是具有讽谕精神的诗。元稹在论古乐府创作时，标榜"寓意古题，刺美现事"，并且推崇杜甫"即事名篇，无复依傍"的新题乐府的写作实践（《乐府古题序》）。白居易的《与元九书》，更是元白一派强调讽谕的诗歌思想的集中阐述。其《新乐府序》将他们的创作宗旨概括得更为明确："总而言之，为君、为臣、为民、为物、为事而作，不为文而作也。"抛开因为具体的时代语境所带来的概念上的局限性，这种创作思想还是正确的，与《毛诗·大序》一脉相承。但元、白一派对讽谕功能的理解有所狭隘化，喜欢将诗歌的价值限制在单纯的政治与风俗的主题里面，而对此外的丰富多样的诗歌主题有所贬低。这也造成他们自己在理论与实践上的矛盾。所以，我们在理解讽谕说的时候，还是应该追溯到《毛诗·大序》等经典文献，以情性为体，以讽谕为用。这样的话，就能做到诗道的广大，使讽谕这种传统的诗学思想重新发生作用。

当代旧体诗词创作，对传统的讽谕、讽刺思想有较好的继承。一些诗人怀着社会责任感，直面各种社会问题，创作出不少当代的讽谕诗。今天，我们重温古人的讽喻说，学习古代诗歌中广泛存在的讽谕、讽刺、讽兴的创作方法，来提高当代诗歌的讽喻艺术，是很有必要的。

4. 何为比兴？何为兴寄说？

《毛诗·大序》概括诗的要素为六义，其中"三曰比，四曰兴"，都是诗歌创作的重要方法。比即比喻，其义易明，它在诗歌中的具体使用也比较容易看出来。"兴"是一个复杂的概念，对它的解释，各家也有所不同。其中汉儒郑众所说的"兴者，托物于事也"（《周礼·大师篇》郑玄注引），朱熹"兴者，先言他物以引起所咏之辞也"（《诗集传》）两说，最贴近兴的原义。

"兴"其实是原始性歌谣的基本方法。民间的诗歌，多是先言他物以引起所咏之词。其所言的他物，未必与所咏之事相关，但多是诗人所处的自然环境与生活环境中熟悉的事物，所以在无意识的选择中，常与心境有所契合，其与所咏之事、所言之志之间，有一种似有似无的关系。这正是诗歌语言的一种神奇效果。所以，"兴"的诗学意义，其实是很深奥的。

歌谣之兴，有很大的随意性，《诗经》中的风诗，原本出于歌谣，所以保持了歌谣的这种特点。但对于读者来说，一首诗中，哪几句是"先言他物以引起所咏之事"，哪几句是"所咏之事"本身，常常不易分别。所以赋、比、兴三类中，"兴"最不易说，而毛氏注诗，对赋与比不特别标出，而对"兴"则特别标出，这就所谓毛公的"独标兴体"（刘勰《文心雕龙·比兴》）。

在自然性的民间歌谣中，比兴运用得十分广泛。到了文人的写作中，由于重经营，艺术上比较自觉，比兴的使用反而受到限制。尤其是随意性很强的兴、带有随意起调特点的兴，文人之作是不可能像民间歌谣运用得那样自然的。因为歌谣都是唱出来的，文人的诗则是写出来的，最多也只能说是吟出来的。其在语言表现上，是一种更为自觉的艺术经营，但失去了民间那种真率、谐合的自然风趣。所以，从表面上看，比兴的艺术方法，在文人诗歌创作中反而是削弱了。这也是为何古代的诗人，特别提倡恢复比兴的原因。但代之而起的，是"兴象""兴寄""兴趣""兴会"这一系列文人诗创作范畴的出现，它们的渊源都可以追溯到《诗经》中的比兴。其中兴寄之说，尤为重要。

明确提出兴寄说的，是唐代诗人陈子昂。他在其著名的诗论《与东方左史虬修竹篇序》中说："文章道弊五百年矣。汉魏风骨，晋宋莫传，然而文献有可征者。仆尝暇时观

宗旨篇 | 157

齐、梁间诗，彩丽竞繁，而兴寄都绝，每以永叹！"陈氏这篇诗论，思想很丰富，对于唐代复古派诗学的影响极其巨大。其中的兴寄说，是与风骨说一起提出的。他认为齐、梁间诗兴寄都绝，可见是将"兴寄"作为诗歌艺术的一个重要美学范畴提出来的。

兴寄说是站在文人诗创作的立场上，对比兴说的一种发展。简单地说，兴寄也可以理解为比兴寄托。寄托的根本意义，在于诗人在作品中寄托主观的情志，所以兴寄说其实是对情志说的一个发展。它提倡的是一种具有主体精神、思想深刻、感情丰满的诗歌作品，并且重视艺术形象的创造。

兴寄说的另一种美学意义，是强调诗歌的含蓄、感发之美，造成丰富的艺术形象与艺术境界，让读者在丰富的审美体验中感受诗人的情志。所以，兴寄说的提出，不仅针对绮靡的、缺乏主体精神寄托的诗风，同时也是针对过于浅露、缺乏艺术形象的诗歌。诗有兴寄，不仅是作者精神饱满之标志，同时也是艺术成熟的结果。

"兴寄说"与"情性说""风骨说"联系在一起，都是启示唐代诗人革除齐梁诗风、创造典型的唐诗风格的重要思想。对于当今的诗词创作，仍有很重要的启示意义。当今的旧体诗词，普遍缺乏具有兴寄之美的作品。所以，我们要认真地学习古代诗人的兴寄方法，继承他们的兴寄精神。

5. 何为风骨?

风骨一词,晋宋人多用评论人物。如《晋书·刘曜载记》称刘胤"风骨俊茂",又同书《赫连勃勃载记》称赫连氏"气识高爽,风骨魁奇"。《宋书·武帝本纪》也称刘裕"风骨奇特"。魏晋以降的文学批评范畴,多来自于人物品评与人伦鉴识,风骨一词也由评人发展为评文。刘勰《文心雕龙》的《风骨》篇,奠定了风骨论的理论,对后世影响巨大。其主要的观点,对今天的诗词创作仍有启示价值:

> 诗总六义,风冠其首,斯乃化感之本源,志气之符契也。是以怊怅述情,必始乎风;沈吟铺辞,莫先于骨。故辞之待骨,如体之树骸;情之含风,犹形之包气。结言端直,则文骨成焉;意气骏爽,则文风清焉。若丰藻克赡,风骨不飞,则振采失鲜,负声无力。是以缀虑裁篇,务盈守气,刚健既实,辉光乃新,其为文用,譬征鸟之使翼也。故练于骨者,析辞必精;深乎风者,述情必显。捶字坚而难移,结响凝而不滞,此风骨之力也。若瘠义肥辞,繁杂失统,则无骨之征也。思不环周,索莫乏气,则无风之验也。

这一段话,从正反两方面立论,将风骨的内涵已经阐释得十分清楚了，并且处处落实到写作中具体的立意修辞上来，对创作者有直接的指导作用。刘勰论风骨，仍追溯到"六义"的"风"。六义的"风"，即是诗歌之体裁，同时也是诗歌的风格与创作法则。后来的风力、风骨等词，都是与六义之风相关的。具体地说，风是指情志、气韵等在作品里的整体表现；骨则指通过具体的修辞与谋篇布局等造成的语言艺术的表达效果。但这是分而言之。合而言之，风骨是指风力与骨格两种美感效果的统一。

风骨论对诗歌创作的影响极为巨大。唐代诗人就是通过对汉魏风骨的体认，为他们的复古实践获得了灵魂。所以风骨论也是唐代诗人的基本理论。其中陈子昂"汉魏风骨，晋宋莫传"，李白"蓬莱文章建安骨"（《宣州谢朓楼饯别校书叔云》）等名言警句，为诗家所熟知。殷璠《河岳英灵集》序中说，"开元十五年，声律风骨始备矣。"他是将声律与风骨兼备，作为唐诗成熟的标志的。对于后来的诗人们来说，风骨论也一直是很重要的指导理论。

风骨是诗歌创作的审美理想，它追求的是诗歌作品的生命力。有风骨的作品，即是成功的作品。所以，当代的诗词创作，要深入研究古代诗学中的风骨理论，体味古人作品的风骨之美，用来提高自己的创作，写出具有风骨的诗词作品。

6. 何为兴象?

兴象是唐代诗人在进行诗歌创作与批评时的一个重要范畴,兴象说的提出,标志着古典诗歌艺术的成熟。盛唐的诗歌批评家殷璠在《河岳英灵集》序中多次提到"兴象"这一范畴,他批评齐梁诗风时说:"理则不足,言常有余。都无兴象,但贵轻艳。"可见在盛唐诗人看来,齐梁绮靡的诗风,是缺少兴象的。由此可见,兴象之美,是唐诗经典作品的重要特点之一。殷璠在对诗人、诗作进行具体的批评时,也常用兴象这个范畴。如其评陶翰云:"既多兴象,复备风骨。"又其评孟浩然云:"浩然诗,文彩丰茸,经纬绵密,半遵雅调,全削凡体。至如'众山遥对酒,孤屿共题诗',无论兴象,兼复故实。又'气蒸云梦泽,波撼岳阳城',亦为高唱。"

兴象之兴,也是源出"六义"中的"比兴"之兴。由"兴"字派生的诗学范畴有不少,如兴寄、兴趣、兴属、兴味等,其用意都在于揭示诗歌艺术的某种特征。兴象则重在象,是兴与物象的结合。齐梁诗歌多咏物之作、山水之词,应该说是有景象的,但重在形似写物、属词比事,缺少兴寄的精神,所以说它缺乏兴象。可见,兴象是与形似写物、属词比事相对的。

在另一方面，兴象也是与直叙相对而言，是指那种融寄着丰富的美感效果的写景咏物之词。大凡诗之赋咏事物，常有两类：一为叙述，一为造境。前者为赋事，后者则近于兴象。试以杜审言《和晋陵陆丞早春游望》为例：

> 独有宦游人，偏惊物候新。
> 云霞出海曙，梅柳渡江春。
> 淑气催黄鸟，晴光转绿蘋。
> 忽闻歌古调，归思欲沾巾。

首尾两联，都是叙事之语，中间两联则为写景咏物之语，也即兴象之语。

出现"兴象"这样一个诗学范畴，是与我国古代诗歌艺术的发展历史有关的。我国的古代诗歌，在晋宋以前，以抒写情事为主，物象浑然于其中。晋宋之后，山水与咏物之风兴起，写景艺术越来越发达，物象成了诗歌的主要表现内容，以致刘勰《文心雕龙》专设《物色》一篇来论述这个问题。但六朝的山水诗，多为纯粹地描摹景物，古人称为摹山范水，缺乏主观情感的融入。咏物也是这样，多形似写物，着重于纯客观的再现。与此相反，兴象之作，则是情景交融，能够表现出丰富的、多层次美感的景象、物象、事物。

当代诗词的写景状物，多流于形似、单薄，少有兴象之美、浑厚之气。所以要提高诗词艺术，应该学习古人创造兴象之美的经验。以唐宋诗而论，唐诗重在意兴，宋诗长于词理。唐诗比宋诗更多地体现兴象之美。但是宋诗也并非缺乏形象思维，宋代诗人于兴象之美的创造规律仍是很重视的。只是唐诗兴象多为景与情会，宋诗兴象之妙，多在景与意融。两种都是值得我们学习的。

7. 何为诗境？何为境界？何为意境？

境原为地理界限的意思，也有地域的意思，《左传》宣公二年记载大史说赵盾"亡不越竟"，越竟即越境。陶渊明《饮酒》诗，有"结庐在人境"一句，这里的"境"已不仅是地界、地区之义，带有一种抽象的感觉。后来佛经中多用"境""境界"等词，来表现一种抽象性的空间对象，如相传为梁代真谛、以及唐武则天时实叉难陀翻译的《大乘起信论》中，就有很完整有境界理论。原本佛学所说的境界，是指凡事凡物都是因缘附会所生的形相，所以佛教讲求的是以大乘之义脱离境界与熏习，如《大乘起信论》中有这样一句话："三者境界相，以能见故境界妄现，离见则无境界"，就很能说明佛教境界论的旨趣。

从梁至唐，也正是诗学十分发达的时期，诗家在论诗时很自然地采用佛教经、论中的"境"、"境界"等概念，形成了诗学中诗境论、境界论。我们知道，境与境界在佛理中认为是虚妄、附会所生的，佛教追求的是离境、离境界。但到诗歌创作中，境与境界就成了一个积极的概念了，诗人的目的正是要创造境界。于是，中国诗学，在传统的比兴、情性等范畴之外，又增加了"境界"这样一个重要的范畴，在诗歌创作与批评中被广泛地使用。

诗境是一种艺术的创造，诗境说的第一个意义，是如何造成境界。所以境界论的第一层是取境之说。皎然《诗式》中有《取境》一章：

评曰：或云："诗不假修饰，任其丑朴，但风韵正、天真全，即名上等。"予曰："不然，无盐阙容而有德，曷若文王太姒有容而有德乎？"

又云："不要苦思，苦思则丧自然之质。"此亦不然。夫不入虎穴，焉得虎子？取境之时，须至难之险，始见奇句。成篇之后，观其气貌，有似等闲，不思而得，此高手也。有时意静神王，佳句纵横，若不可遏，宛如神助。不然，盖由先积精思，因神王而得乎！

皎然所说的取境，是指从构思、酝酿诗境到诗境的最后呈现而言的。他是主张苦思冥索，但强调最后完成的诗境又要有自然之趣。这是中晚唐一些诗人的艺术主张。后人讲取境，也有强调要等待充足的主客观条件，自然而然地发生的。黄庭坚就有一个"待境而生"的理论，见于《王直方诗话》"黄庭坚论作诗"条：

（山谷）又云："诗文不可凿空强作，待境而生，便自工耳。"

所谓"待境"，正是"取境"的前提。诗人的创造诗境，是在主客观条件都充足的情况下进行的，所以山谷有"待境"之说。苏轼有一首《送参寥师》五古诗，也是讲取境、待境的原理的：

> 欲令诗语妙，无厌空且静。
> 静故了群动，空故纳万境。
> 阅世走人间，观身卧云岭。
> 咸酸杂众好，中有至味永。

到了陆游那里，又有一种说法。其《题庐陵萧彦毓秀才诗卷后》云：

> 法不孤生自古同，痴人乃欲镂虚空。
> 君诗妙处吾能识，正在山程水驿中。

陆游实际上是发挥了黄庭坚的"待境而生"的思想的。苏轼用佛法的空静思想来阐述创造诗歌境界的方法，陆游则从山程水驿这种实际生活的经验来认识这个问题。从皎然的取境之说，到苏轼、黄庭坚、陆游等人对创造诗歌境界的理论，是认识的不断深入。这些思想，对于我们如何理解诗歌的境界，以及怎样创造境界，无疑是很有启发意义的。

旧传为王昌龄所作的《诗格》一书中，有"诗有三境"之说，对诗歌的境界做了分类，也是很重要的境界理论：

> 诗有三境。一曰物境，二曰情境，三曰意境。物境一，欲为山水诗，则张泉石云峰之境，极丽秀绝者，神之于心。处身于境，视境于心，莹然掌中，然后用思，了然境象，故得形似。情境二，娱乐愁怨，皆张于意而取于身，然后驰思，深得其情。意境三，亦张于意，而思之于心，则得其真矣！

所谓物境、情境、意境，是从诗歌表现对象的不同而言的。比较纯粹的写景之诗，创造的是物境，类似于我们所说的山水诗之类。着重于表现现实生活感情的诗歌，所创造的是情境。而"意境"在这里是指诗人写意之妙的一种境界。要知道，这种分别是相对而言的。《诗格》"三境说"在境界理论上的真正意义，是用境界的范畴来认识所有的诗歌创作。尤其是情境、意境之说的提出，是对境界理论的完善。其逻辑的意义，在于认为一切成功之诗，皆须有境界。如王国维《人间词话》中说："境非独谓景物也。喜怒哀乐，亦人心中之一境界。故能写真景物、真景物者，谓之有境界。"这个意思，其实《诗格》的"情境"、"意境"两种说法已经阐述了。

从上面的介绍可知，诗境说、境界论原是传统的诗歌理论。但它在近现代特别流行，是与王国维的《人间词话》分不开的。《人间词话》的一个基本宗旨，就是用传统的境界论来说词，并且用近代流行的新的美学理论来阐述它。在王国维那里，境界是作为一种美学品格提出来的：

词以境界为最上。有境界，则自成高格，自有名句。五代、北宋之词所以独绝者在此。

这是王氏境界论的总纲，是其对具体的词家、词作进行批评的基本原则。但王氏境界说并不局限于论词，而是贯通到整个诗歌艺术，甚至贯通到其它的文艺体裁。换言之，王氏的境界论是一种诗歌本质论，甚至指向艺术本质论。他说严羽用"兴趣"来揭示盛唐诗的品质，王士祯则用"神韵"来揭示。他说北宋词也是具有类似于盛唐诗的这种品质。但他不用兴趣、神韵来揭示，而是用境界来揭示：

然沧浪所谓兴趣，阮亭所谓神韵，犹不过道其面目；不若鄙人拈出"境界"二字，为探其本也。

他认为境界比兴趣、神韵等范畴更加能够揭示诗歌的艺术本质。当然，王国维对境界还有许多具体的阐述，这些阐述多是着重于境界之有无以及境界的各种不同类型来展开的。如：

有造境，有写境，此理想与写实二派之所由分。
有有我之境，有无我之境。
有我之境，以我观物，故物皆著我之色彩。无我之境，以物观物，故不知何者为我，何者为物。

王国维的境界说，在思想与方法上，对近现代的诗学理论与批评的影响都很大。但从思想渊源来看，我们发现王氏的境界理论，是继承古代诗人的境界论的，其中受王昌龄《诗格》"诗有三境"说影响尤其明显。但王氏将其提高到艺术本质论，并与西方文艺思想会通，其贡献是巨大的。

"意境"二字源出上述王昌龄《诗格》，原为三境之一。后人亦多用意境这个范畴，但是不完全局限于《诗格》的原意。大抵来说，意境与境界一样，也是指一种诗歌的艺术品质。不称境界而称意境，是由于境界一词，容易让人理解为纯客观的塑造。而"意境"则因为加入一个表示主观内容的"意"字，比较更能揭示情景交融、情物相生的艺术理想。其实意境、境界两词，就其基本内涵来说，并无不同。古人论诗词，用"意境"者亦有不少：

> 严沧浪谓"柳子厚五言古诗在韦苏州之上"。然余观子厚诗，似得摩诘之洁，而颇近孤峭。其山水诗，类其《钴鉧潭》诸记，虽边幅不广，而意境已足。（贺贻孙《诗筏》）
>
> 乐府声律居最要，而意境即次之，尤须意境与声律相称，乃为当行。（刘熙载《艺概·诗概》）
>
> 中联以虚实对、流水对为上。即征实一联，亦宜各换意境。（沈德潜《说诗晬语》卷上）
>
> 《三百篇》之体制音节，不必学，不能学；《三百篇》

之神理意境，不可不学也。神理意境者何？有关系寄托，一也；直抒己见，二也；纯任天机，三也；言有尽而意无穷，四也。（潘德舆《养一斋诗话》）

上述诸家所说的意境，其含义虽略有不同，但其宗旨都是用来概括诗歌的艺术品质的。意境在现代的文艺理论中被广泛地使用，可以说是由传统诗学中发展过来的现代的艺术范畴。西方的文学，偏重于人物形象的塑造，因此而形成了典型论。东方的文艺，由于是以抒情与体物为主的，所以形成意境论。其实从最高的艺术原理来讲，典型论与意境论也是可以会通的。

8. 何为婉约？何为豪放？

词史评论与词体创作中，向来流行婉约、豪放之说。明万历年间，张綖著《诗余图谱》，其"凡例"之后有附识曰：

> 词体大略有二：一体婉约，一体豪放。婉约者欲其词调蕴藉，豪放者欲其气象恢宏。盖亦存乎其人。如秦少游之作，多是婉约；苏子瞻之作，多是豪放。大约词体以婉约为正。故东坡称少游为"今之词手"，后山评东坡"如教坊雷

大使舞，虽极天下之工，要非本色"。（日本内阁文库藏明万历二十七年刻本）

张氏之论，似为明确地将词体分为婉约、豪放两派之始，但并非婉约说、豪放说的初始。从花间到北宋，词体为流行乐曲，声词相协，虽因所写内容不同，而有各种不同的风格，但文人词中，大体上以曲写人情、旖旎婉约为正宗。北宋后期，苏轼以诗为词，大大地提高词体本身的品格，扩大了词的境界，但未必协婉音律，所以就有上面张氏所引陈师道《后山诗话》中说苏词"虽极天下之工，要非本色"的说法。"工"，指的是一般意义上的诗歌艺术之工，"本色"则是当时流行的曲子词艺术的一种写作风格。但苏轼也通过对柳永及其门下秦观之词的批评，来为他与追随他的苏轼词派来辩护。可见守律婉约与豪放"非本色"两种创作风格，在北宋后期的词坛上已经客观地存在。所以婉约、豪放两分之论，也未尝不可追溯至此。

李清照的词论，正式地提出词体正宗的问题。当然，她不是以协音律为词体的唯一标准，如其评柳永词"虽协音律而词语尘下"；但显然是将协音律者视为词体之正宗的：

至晏元献、欧阳永叔、苏子瞻，学际天人，作为小歌词，直酌蠡水于大海，然皆句读不葺之诗尔。又往往不协音律者。何耶？盖诗文分平侧，而歌词分五音，又分五声，又分六律，又分清浊轻重。且如近世所谓《声声慢》《雨中花》《喜迁莺》，既押平声韵，又押入声韵；《玉楼春》本押平声韵，又押上去声，又押入声。本押仄声韵，如押上声则协；如押入声，则不可歌矣。王介甫、曾子固文章似西汉，若作小歌词，则人必绝倒，不可读也。乃知词别是一家，知之者少。后晏叔原、贺方回、秦少游、黄鲁直出，始能知之。（黄墨谷《重辑李清照集》）

守律虽不是词体婉约的唯一内涵，但追溯婉约之说的最初意思，守律必是其重要标准。

与李清照之论不同的，是王灼的《碧鸡漫志》。这部书虽然是词乐的重要典籍，却对倚声填词法有一种批评。他认为曲子词写作的倚声填词之法，失去了古歌、古乐府先有诗后协律的古法，与"诗言志"的传统相违。也许是出于这样的立场，他对被李清照"词别是一家"说排除在词体正宗之外的诸人进行辩护，尤其推崇苏轼的词体创作：

王荆公长短句不多，合绳墨处自雍容奇特。晏元献公、欧阳文忠公风流蕴藉，一时莫及，而温润秀洁，亦无其比。

东坡先生以文章余事作诗，溢而作词曲，高处出神入天，平处尚临镜笑春，不顾侪辈。或曰："长短句中诗也。"为此论者，乃是遭柳永野狐涎之毒。(《碧鸡漫志》卷二)

由上述李、王两家颇形对立的双方之论，可知在词体创作方面，守律是婉约必有之义，而豪放则与不守律连在一起。纵贯词史，其义甚明，不须详论。盖词起于乐曲，而晚唐以来的词乐，实以"女乐"为特色（此点王氏《碧鸡漫志》中实亦指出），故入乐协律之词，多以写儿女之情、游宴之事为多，且原多用之于歌筵舞席。而苏轼一派，多以词言志，与此前的"缘情绮靡"风格不同。故前者为婉约，而后者称豪放。

由以上所论，可知明确分词体为豪放、婉约两体，今可见者似始于张綖；却不能说豪放、婉约之说，至张氏始传。如张炎《词源》：

簸弄风月，陶写性情，词婉于诗。盖声出莺吭燕舌间，稍近乎情可也。

他这句话，是拿词与诗来比较，强调词体"婉"的特点，这种"婉"，即指协律之声，也是委婉之情、蕴藉之韵。

夏承焘先生《读张炎〈词源〉》一文中也说到豪放与婉约的问题：

前人说词，分"豪放""婉约"两派。张炎词源改"婉约"而倡"清空"，使这两派的距离更加遥远。因为苏、辛豪放派诸作者，还作了许多近乎"婉约"的作品，若拿"清空"的标准来要求他们，就更加格格不入了。（《夏承焘集》第二册）

由夏氏之论，可见词体分豪放、婉约，在宋人词论中是一种常识。所以他才不满于张炎改婉约为清空之说。

词的风格，与诗的风格，当然是多种多样的，如豪放、婉约、清刚、清空等等，都是相比较而言的。实际上，其风格之标目，可以说是有很多分类的。就其内部来说，也未尝不可据司空图之《二十四品》，为词体做多种风格分类。但是纵贯词史，尤其是词从倚声的曲子词到后来的徒诗体的发展，最能清晰地把握的，就是婉约豪放两体。婉约为词体之正宗，而豪放乃词体之变化。有宗始能尊其体，始能词与诗别，词与曲别。有变始能大其体，使词体现诗歌艺术的共同原则。

附录：对联的格律与技巧

对联是从近体诗与骈体文等文体的对仗技巧中发展过来的。作为一种后出的文体，对联具有雅俗相融的特点。实际上对联在对仗、声律方面的要求，早就分别存在于近体诗、骈文的对仗、声律里。所以，会做近体诗、熟悉骈文之体的人，大多会做对联。

顾名思义，对联的最起码要求，是上下联的字数相等，意义相对，平仄相对。字数相等这一点无需强调，大约没人会写一幅上联七个字、下联八个字的对联。对联还要求，上下两联相对应的位置上不能使用同一个字或词，对此一般也能遵守。偶见有上下两联在相对应的位置用同一个虚字，如"其""之""而"之类，这种只能说是一种变体，不是典型的对联。

所以，对联比较核心的技巧问题，就是上下联的词性相对与平仄相对。要写好对联，首先要掌握近体诗的对仗与平仄的技术。掌握了近体诗的对仗与平仄技术，对联的对仗与平仄问题也可以说基本上解决了。如果再练习一下骈文的句法，那对联的句法组合问题也解决了。

五言与七言的对联，它们的对仗、平仄就是五、七言律诗中间两联的对仗法。所以，学对联首先要学五、七言律诗。事实上，连律诗都没有学会就能做对联的情况是比较罕见的。古人没有这种情形。今人学习经历的局限，往往将诗与联分开来。今人对联中出现的种种平仄不调、词性不对，以及更普遍的修辞不工的毛病，都是由于没有学过近体诗就率尔做对联的缘故。如果会做近体诗，也就基本上具备做对联的能力。当然，现在不懂平仄声律，而爱写对联的情况，似乎也越来越多了。从写作的自由来说，好像也不能完全否定。毕竟每个人都有表达与书写的自由。但如果掌握了对联的声律、对仗的技巧，自会成为一种更加正规的写作。毕竟文各有体。对联也是一种文体。自有它最基本的形式上的要求。

今天玩对联的人有一个爱好，就是爱写长联。大约觉得写五、七言联太小意思一点，本事不够大。其实要将五七言联写好是很难的。古人最常用的对联形式，还是五、七言联。我小时候在老家，看乡村用的通用对联也基本上是七言。这也是因为农村的房子不高，门、柱正好够写七个字的联。我现在还记得一些比较有意思的对联。比如一座墙门朝正南的老房子（浙江南部的房子主要都朝南）门口贴了这样一副对联：

> 天上无星不拱北，
> 门前有路可图南。

不仅对仗工整，而且用典雅切。上句用《论语·为政》："为政以德，譬如北辰居其所而众星共之。"下句用《庄子·逍遥游》"绝云气，负青天，然后图南"。当然，这两个典故，在古人的频繁使用中，已经增加了好些意思。所以，对于它的含意，是可以灵活理解的。我从小就有一个习惯，看到好的对联就背下来。所以我写对联时，一些常用的联语是不需要翻检楹联书的。当然，以前回家，春节写对联时，也会自己拟一些应时的对子。比如有一年，我拟了这样一联：

> 世界已入声光化，
> 文明犹存礼乐风。

自己觉得也还可以。但写门联、室联，还是多用旧联为好。一般的人家，写一些吉庆的、常用的。如：

> 锦绣春明花富贵,
> 琅玕昼静竹平安。

做生意的门前,不妨写:

> 五湖寄迹陶朱业,
> 四海交游晏子风。

读书人的门前,不妨写:

> 斗酒纵横廿四史,
> 炉香静对十三经。

还有一联我也特别喜欢:

> 五岳圭棱河气势,
> 六经根柢史波澜。

又有一联也是常用:

> 一室之中有至乐,
> 六经以外无奇观。

今天体会起来,仍觉很是合乎治学之理。

婚联往往绮丽，有时候也会看到香艳的。如旧见有一联：

借我妙毫描柳叶，
爱她香口读梅花。

挽联要沉着痛快，如乐清刘之屏《盗天庐集》中多挽联。其中一联是这样的：

虫臂鼠肝，大造原来无一物；
凤毛麟角，吾乡已不见斯人。

我所记的对联，多是从少年到现在随处观览所见。真正愿意学写对联的人，其实到处都可以学习，也可从各处所学的对联中识别其高低。比如颐和园中有好多对联，其中不乏好联。一七言联尤好：

霏红花径和云扫，
新绿瓜畦带雨锄。

这样的联语，年轻时一过就能记住。年龄大了，有时要经过好几次，才把一好联给记下来。

下面谈对联的平仄问题。五七言对联的平仄问题，是比较容易明白的。要写好五七言联，关键是练熟五七言近体诗的格律。超过七字的对联，其平仄及对仗的处理问题就比较复杂的。我觉得最基本的有两点：（一）上下两联在平仄上要相对，也就是说对联的平仄是律诗平仄格律的延伸；（二）上联的最后一个字以仄收，下联以平收。

有人提出马蹄律的问题，也可参考，但不必死板拘泥。何谓马蹄律？是用马的行走蹄印来做形象的说明。比如说：

仄仄平平，平平仄仄，平平平仄仄，仄仄平平，仄仄平，仄仄平平平仄仄；
平平仄仄，仄仄平平，仄仄仄平平，平平仄仄，平平仄，平平仄仄仄平平。

就是说马在行走时，除了开步第一个蹄印是只踩了一次，停下来的最后一个蹄印也只有一次，中间的每一个蹄印，都是踩两次的。或者说得更简单一点，将一副联的每一个分句的最后一个字的平仄写出来，应该是：

平仄仄平平仄，
仄平平仄仄平。

大部分较好的长联，都符合马蹄律。如孙髯翁大观楼长联：

五百里滇池，奔来眼底，披襟岸帻，喜茫茫空阔无边。看东骧神骏，西翥灵仪，北走蜿蜒，南翔缟素。高人韵士，何妨选胜登临。趁蟹屿螺洲，梳裹就风鬟雾鬓；更苹天苇地，点缀些翠羽丹霞，莫孤负：四围香稻，万顷晴沙，九夏芙蓉，三春杨柳。

数千年往事，注到心头，把酒凌虚，叹滚滚英雄谁在？想汉习楼船，唐标铁柱，宋挥玉斧，元跨革囊。伟烈丰功费尽移山心力。尽珠帘画栋，卷不及暮雨朝云；便断碣残碑，都付与苍烟落照。只赢得：几杵疏钟，半江渔火，两行秋雁，一枕清霜。

初一看好像并不符合。但我们着眼于他的具体部分，发现基本上是平仄相间的。如"五百里滇池，奔来眼底，披襟岸帻，喜茫茫空阔无边"四句，每句最后一字的平仄为"平仄仄平"，而"看东骧神骏，西翥灵仪，北走蜿蜒，南翔缟素"四句，句末字的平仄则是"仄平平仄"。整个长联"马蹄律"的运用，可依此类推。可见所谓"马蹄律"，也不能

附录：对联的格律与技巧 | 181

死板地理解为全联一贯到底地运用。长联可以上述方式改换声律。当然，提出"马蹄律"，只是帮助我们更好地处理对联的平仄运用规律，不能以此来断判古人的所有对联，也没有必要将其定为今后制联的必守格律。总之，对联无非取其平仄相对，读起来音调谐婉为好。我的一个基本的看法，是认为对联的平仄律，其实是近体平仄的延伸。但因为它长短不拘，骈散不定，所以不可能形成一个固定的律谱。基本上要做到平平、仄仄前后相间，上下相对，然后根据断句而进行变化。

如何处理对联修辞中的整练与散朴，甚至也关乎文言与白话的问题。对联的语言，无疑当以工对整练为主，以文言为主。但与近体诗不同，对联自古以来又是通俗、近白的一体，现当代的对联更多此体。所以，原则上说，对联是文白两种语体都可以用的。这可能是对联与诗词区别较大的一个地方。因为对联这种文体，一方面比较后起，另一方面是雅俗共赏的，具有一定的民俗性。所以白话联也是可以的，但主要还是以文言为主。

事实上，马蹄律主要是指整的部分，不能将散的部分也强纳入马蹄律中。如果严格地处处都用马蹄律，那么对联中所出现的只能一律是三、四、五、七等句式，并且只能用诗的节奏与句法。1997年岳麓书社出版的余德泉《对联格律·对联谱》一书，首次系统地介绍了马蹄联律，其功甚著。但在某些地方强调得有点过头，尤其是只考虑整句，不考虑散句，其所举的例子，也都是典型的律诗、骈文体的对联，很少散句体的对联。对联出于律诗与骈文，其主体部分当然是诗与骈文的句法与节奏，但其与骈文、律诗最大的区别，是散体句的增加，并且其句法的丰富多样性，远远超过律诗和四六文。但其对对仗的严格要求，又是一样的。在对的形式中处理多种多样的句法，正是对联的胜境。近现代以来，对联所用愈广，散文句法、白话文体的对联大量出现。这种情况，强调工整的对仗与马蹄律在对联中的核心地位是重要的。也就是说，每一副对联，其主体的部分应该对仗工整，符合马蹄律，富有节奏感；但次要的部分（主要是散文句法的部分），自然不受上述三要素的束缚。今后当以此为制联时形式处理方面的基本原则。大家以此点来理解对联语言的整散、文白与平仄律的使用，可谓思过半矣。

举一短联，是吴山尊为《当涂李白祠》所拟：

> 谢宣城何许人，只凭江上五言诗，要先生低首；
> 韩荆州差解事，肯让阶前盈尺地，容国士扬眉。

此联如果单列整的部分，当为：

附录：对联的格律与技巧 | 183

> 何许人，江上五言诗，先生低首；
> 平仄平，平仄仄平平，平平平仄；
> 差解事，阶前盈尺地，国士扬眉。
> 平仄仄，平平平仄仄，仄仄平平。

上联的收尾，是平平仄，下联则是仄仄平，正是一种马蹄律。前面"谢宣城""韩荆州"则没有做到上下联相应部分平仄相对，可以理解为"散文体"部分，放宽了平仄的要求，这是因为它的整练部分已经做到严格的马蹄律了。又如黎效平《贺寿》：

> 贫乏贺钱，赊八百里洞庭春酒；
> 老荒笔墨，借七二峰衡岳寿屏。

这一联里，"赊八百""借七二"，上下六个字都是仄声，单论这部分的平仄自然是不对的。但这部分属于散文句法。这一联的整练部分如果单列，其实是：

> 贫乏贺钱，洞庭春酒；
> 平仄仄平，平平平仄；
> 老荒笔墨，衡岳寿屏。

仄平平仄，平仄仄平。

还有上下联中经常使用"领"字，可以不必平仄相对。如清人梁章钜《清泉寺》联：

佛地本无边，看排闼层层，紫塞千峰凭槛立；
仄仄仄平平，平平仄平平，仄仄平平平仄仄；
清泉不能浊，笑出山滚滚，黄河九曲抱城来。
平平仄平仄，仄仄平仄仄，平平仄仄仄平平。

上联的"看"与下联的"笑"，属领字，都用仄声，实亦属我所说的"散文体"部分。再截取前引孙髯翁大观楼长联的后半部分：

趁蟹屿螺洲，梳裹就风鬟雾鬓；更苹天苇地，点缀些翠羽丹霞，莫孤负：四围香稻，万顷晴沙，九夏芙蓉，三春杨柳。
尽珠帘画栋，卷不及暮雨朝云；便断碣残碑，都付与苍烟落照。只赢得：几杵疏钟，半江渔火，两行秋雁，一枕清霜。

这其中，像"梳裹就"与"卷不及"、"莫孤负"与"只赢得"平仄基本都是一样的，因为是属于"散文体"的部分。

　　总之，对联的句式，具有韵散结合的一种特点。而就平仄要求来说，整练的部分，相当于诗中的四言、五言、七言等整练句子的部分，是要严格地讲究平仄律的，而属于散文体的部分，则可以放宽平仄，甚至不讲平仄。这种情况，与小令的格律有点相近。

　　由对联这个特点，我又想到诗歌。古诗、古乐府多散文句式，晋宋以降，对仗日多，诗中整句渐多。由永明体发展到近体，形成典型的五七言句的句式，即节奏感强、韵律铿锵和谐的诗歌句法，即近体诗的句法。虽然因平仄律的不同，形成变化无穷的节奏感与句式，但总的来说，百变不离其宗，都是诗的节奏美感。于是大家如李杜，想办法打破这种节奏感和过于整练的修辞形式。杜甫的五七言律绝，就多用散文式句法。句法既打破，平仄也就显得不重要了。甚至可以说，句法上散文化了，平仄也应随之放宽，变成无规律的平仄变化。一首诗中的这一部分，是不受格律（对仗与平仄律）的限制的。但其他遵循近体诗常规句法、节奏的部分（也可以说是"诗句式"），则自按常规的格律处理。两者各从其便。由此可见，今人如王力先生等人，努力寻找拗律的规律，用心虽苦，也是大可不必的。因为拗律是无规律可寻的。今后写诗，也当以此为基本的原则。但本人的诗与联,仍以骈句法为主,少用散句法,这恐怕是功力尚不深的缘故。初学求工,工之极则求奇。本人写作诗联,仍在追求工之极的道路上走,能否向奇进一步跃进,则尚当努力为之。

附录:《平水韵》表

《平水韵》由其刊行者宋末平水人刘渊而得名。平水韵依据唐人用韵情况,把汉字划分成106个韵部。每个韵部包含若干字,作近体诗用韵,其韵脚的字必须出自同一韵部,不能错用,清代康熙年间编的《佩文韵府》把《平水韵》并为106个韵部,这就是后来广为流传的平水韵。本书做了摘录并附有各部平仄声通用字。

上平声(15部)

一东

东同童僮铜桐峒筒瞳中衷忠盅虫冲终忡崇嵩菘戎绒弓躬宫穹融雄熊穷冯风枫疯丰充隆窿空公功工攻蒙濛朦檬笼胧栊咙聋珑砻泷蓬篷洪荭红虹鸿丛翁嗡叾葱聪骢通棕烘崆

二冬

冬咚彤农侬宗淙惊锺钟龙茏春松淞冲容榕蓉溶庸佣慵封胸凶匈汹雍邕痈浓脓重从逢缝峰锋丰蜂烽葑纵踪茸虸邛筇跫

供蚣喁

三江

江缸窗邦降双泷庞舡撞豇扛杠腔釭梆龙桩幢蛩

四支

支枝肢移为垂吹陂碑奇宜仪皮儿离迟龟眉悲之芝时诗棋旗辞词期祠基疑姬丝司葵医帷思施知驰池规危夷师姿滋持随痴维厄縻螭麾埤弥慈遗肌脂雌披嬉尸狸炊湄篱兹差疲茨卑亏蕤骑歧岐谁斯澌私窥熙欺疵赀羁彝髭颐资糜饥衰锥姨夔衹涯伊追著缁其箕椎累簸萎匙脾坻嶷治骊綦怡尼漪牺饴而鸱推陲魑锤缡璃嬴陂蘼芨畸羲曦欹猗崎崖筛狮螭绥虽粢瓷鳌痍惟唯机耆逶卣丕毗枇貔楣霉辎虫嗤媸飔坻阰鲥鹚笞漓贻禧噫其琪祺麒栀鹂累跇琵祁骐訾咨睢饬胝鳍蛇阤淇丽厮僖嘻琦怩熹孜罹磁痿隋逶郦嵋椅

五微

微薇晖辉徽挥韦围帏违闱霏菲妃飞非扉肥威祈畿机几讥玑稀希衣依归饥矶欷诽绯晞葳巍沂圻顽

六鱼

鱼渔初书舒居裾琚车渠蕖余予誉舆胥狙锄疏蔬梳虚嘘墟徐猪间庐驴诸储除滁蜍如畬淤妤苴菹沮组齬茹榈於祛蘧疽蛆醵纾樗踞欤据

七虞

虞愚娱隅无芜巫于衢瘟瞿戵儒襦濡须需朱珠株诛侏铢蛛殊俞瑜榆愉逾渝窬谀腴区驱躯趋扶符凫芙雏敷麸夫肤纡输枢厨俱驹模谟摹蒲逋胡湖瑚乎壶狐弧孤辜姑觚菰徒途涂荼图屠奴吾梧吴租卢鲈炉芦颅垆蚨孥驽苏酥乌污枯粗都菇俅姝禺拘崛蹰桴俘臾萸吁瀖瓠糊醐呼沽酤泸舻鸬鹭匍葡铺菟诬呜迂孟竽趺毋孺醵鹄骷刳蛄晡蒱葫呱蝴劬岨猢鄩孚

八齐

齐黎犁梨妻萋凄堤低题提蹄啼鸡稽兮倪霓西栖犀嘶撕梯鼙赍迷泥溪蹊圭闺携畦嵇跻奚脐醯鼸蠡醍鹈奎批砒睽荑篦齑藜猊蜺鲵羝

九佳

佳街鞋牌柴钗差崖涯偕阶皆谐骸排乖怀淮豺侪埋霾斋槐睚崽楷秸揩挨俳

十灰

灰恢魁陔回徊槐梅枚玫媒煤雷颓崔催摧堆陪杯醅嵬推诙裴培盔偎煨瑰茴追胚徘坏桅傀儡莓开哀埃台苔抬该才材财裁栽哉来莱灾猜孩徕骀胎咳垓挨饳呆腮

十一真

真因茵辛新薪晨辰臣人仁神亲申身宾滨槟缤邻鳞麟珍瞋尘陈春津秦频苹颦濒银垠筠巾困民岷泯珉贫莼淳醇纯唇伦轮

沦抡匀旬巡驯钧均榛莘遵循甄宸纶椿鹑屯呻粼嶙辚磷呻伸绅寅姻荀询峋氲恂嫔彬皱娠闽纫湮肫逡菌臻豳

十二文

文闻纹蚊云分氛纷芬焚坟群裙君军勤斤筋勋薰曛醺芸耘芹欣氲荤汶汾殷雯贲纭昕熏

十三元

元原源沅鼋园袁猿垣烦蕃樊喧萱暄冤言轩藩媛援辕番繁翻幡璠鸳鹓蜿溪爰掀燔圈谖魂浑温孙门尊存敦墩炖暾蹲豚村屯囤盆奔论昏痕根恩吞荪扪昆鲲坤仑婚阍髡馄喷猕饨臀跟瘟飧楦

十四寒

寒韩翰丹单安鞍难餐檀坛滩弹残干肝竿阑栏澜兰看刊丸完桓纨端湍酸团攒官观鸾銮峦冠欢宽盘蟠漫叹邯郸摊玕拦珊狻鼾杄跚姗殚箪瘅谰貛倌棺剜潘拚盘般螨瘢磐瞒谩馒鳗钻挦邗汗翰

十五删

删潺关弯湾还环鬟寰班斑蛮颜奸攀顽山闲艰间悭患孱潺擐圜营般颁鬘疝讪斓娴鹇鳏股纶

下平声（15部）

一先

先前千阡笺天坚肩贤弦烟燕莲怜连田填巅鬈宣年颠牵妍

研眠渊涓捐娟边编悬泉迁仙鲜钱煎然延筵毡旃蝉缠廛联篇偏绵全镌穿川缘鸢旋船涎鞭专圆员乾虔愆权拳椽传焉嫣辕褰搴铅舷跹鹃筌痊诠悛先邅禅婵躔颠燃涟琏便翩骈癫阗钿沿蜒胭芊鳊胼滇佃畋咽湮狷蠲蔫骞膻扇棉拴荃籼砖孪儇璇卷扁单溅犍

二萧

萧箫挑貂刁凋雕迢条髫调蜩枭浇聊辽寥撩寮僚尧宵消霄绡销超朝潮嚣骄娇蕉焦椒饶硝烧遥猺摇谣瑶韶昭招镳瓢苗猫腰桥乔娆妖飘逍潇鸮骁桃鹞鹩缭獠嘹夭幺邀要姚樵谯憔标飚嫖漂剽佻韶苕岧噍晓跷侥了魈峣描钊轺桡铫鹧翘桴侨窑礁

三肴

肴巢交郊茅嘲钞包胶苞梢姣庖匏坳敲胞抛蛟崤鵁鞘抄蛰咆哮凹淆教跑艄捎爻咬铙茭炮泡鲛刨抓

四豪

豪劳毫操髦绦刀萄獠褒桃糟旄袍挠蒿涛皋号陶鳌曹遭羔糕高搔毛艘滔骚韬缫膏牢醪逃濠壕饕洮淘叨嗥篙熬遨翱嗷臊嗥尻麈螯獒敖牦漕嘈槽掏唠涝捞痨耗

五歌

歌多罗河戈阿和波科柯陀娥蛾鹅萝荷何过磨螺禾珂蓑婆坡呵哥轲沱鼍拖驼跎佗颇峨俄摩么娑莎迦疴苛蹉嵯驮箩逻锣哪挪锅诃窠蝌髁倭涡窝讹陂鄱嶓魔梭唆骡挼靴瘸搓哦瘥酡

六麻

麻花霞家茶华沙车牙蛇瓜斜邪芽嘉瑕纱鸦遮叉奢涯巴耶嗟遐加笳赊楂差蟆骅虾葭袈裟砂衙呀琶耙芭杷笆疤爬葩些佘鲨查楂渣爹挝咤拿椰珈跏枷迦痂茄桠丫哑划哗夸胯抓洼呱

七阳

阳杨扬香乡光昌堂章张王房芳长塘妆常凉霜藏场央泱鸯秧嫱床方浆觞梁娘庄黄仓皇装殇襄骧相湘箱缃创忘芒望尝偿樯枪坊囊郎唐狂强肠康冈苍匡荒遑行妨棠翔良航倡伥羌庆姜僵缰疆粮穰将墙桑刚祥详洋徉伴粱量羊伤汤魴樟彰漳璋猖商防筐煌隍凰蝗惶璜廊浪当裆珰沧纲亢吭潢钢丧盲簧忙茫傍汪臧琅铛庠裳昂障糖疡锵杭邙赃滂禳攘瓢抢螳跟眶炀闾彭蒋亡殃蔷镶孀搪彷胱磅螃

八庚

庚更羹盲横觥彭亨英烹平枰京惊荆明盟鸣荣莹兵兄卿生甥笙牲擎鲸迎行衡耕萌甍宏闳茎罂莺樱泓橙争筝清情晴精睛菁晶旌盈楹瀛嬴赢营婴缨贞成盛城诚呈程酲声征正轻名令并倾萦琼峥嵘撑粳坑铿撄鹦薨蘅澎膨棚浜坪苹钲伧榷罂轰铮狰狞狞瞠绷怦瓔砰氓鲭侦柽蛏茎赪茕赓籝瞪

九青

青经泾形陉亭庭廷霆蜓停丁仃馨星腥醒惺偁灵龄玲铃伶零听冥溟铭瓶屏萍荧萤荣扃坰蜻硎苓聆瓴翎娉婷宁暝瞑螟猩

钉疔叮厅町泠棂囹羚蛉咛型邢

十蒸

蒸烝承丞惩澄陵凌绫菱冰膺鹰应蝇绳升缯凭乘胜兴仍兢矜征称登灯僧憎增曾缯层能朋鹏肱薨腾藤恒罾崩縢鬙崚嶒姮塍冯症簦蓸凝棱楞

十一尤

尤邮优尢流旒留骝榴刘由油游猷悠攸牛修羞秋周州洲舟酬雠柔俦畴筹稠丘邱抽瘳遒收鸠搜驺愁休囚求裘仇浮谋牟眸俅矛侯喉猴讴鸥楼陬偷头投钩沟幽纠啾楸蚯踌绸惆勾娄琉疣犹邹兜呦咻貅球蜉蝣辀帱阄瘤硫浏庥湫泅酋瓯惆飕鍪篌抠篝诌骰偻沤蝼髅搂欧彪掊虬揉蹂抔不瓿缪

十二侵

侵寻浔临林霖针箴斟沈心琴禽擒衾钦吟今襟金音阴岑簪壬任歆森禁祲喑琛涔骖参忱淋妊掺参椹郴芩檎琳蟫愔喑黔嵚

十三覃

覃潭参骖南楠男谙庵含涵函岚蚕探贪耽眈龛堪谈甘三酣柑惭蓝担簪谭昙坛婪戡颔痰篮襤蚶憨泔聃邯蝉

十四盐

盐檐廉帘嫌严占髯谦袷纤签瞻蟾炎添兼缣沾尖潜阎镰黏淹钳甜恬拈砭詹蒹歼黔钤佥觇崦渐鹣腌櫩阉

十五咸

咸函缄岩谗衔帆衫杉监凡馋芟搀喃嵌掺巉

上声(仄，29 部)

一董

董懂动孔总笼拢桶捅蓊蠓汞

二肿

肿种踵宠垅拥冗重冢捧勇甬踊涌俑蛹恐拱竦悚耸巩怂奉

三讲

讲港棒蚌项耩

四纸

纸只咫是靡彼毁委诡髓累技绮菲此泚蕊徙尔弭婢侈弛豕紫旨指视美否痞咒几姊比水轨止徵市喜已纪跪妓蚁鄙晷子仔梓矢雉死履垒癸趾址以已似耜祀史驶耳使里理李起杞圮跂士仕俟始齿矣耻麂枳峙鲤迤氏玺巳滓芷倚匕迤逦旖旎舣蚍秕芷拟你企诔捶屣棰揣豸祉恃

五尾

尾苇鬼岂卉几伟斐菲匪篚娓悱楲篚炜虺玮蚍

六语

语圄圉吕侣旅杼伫与予渚煮暑鼠汝茹黍杵处贮女许拒炬距所楚础阻俎沮叙绪序屿墅巨去苣举讵溆浒钜醑咀诅苎抒楮

七麌

麌雨宇舞府鼓虎古股贾估土吐圃庾户树煦诩努辅组乳弩补鲁橹睹腐数簿竖普侮斧聚午伍釜缕部柱矩武五苦取抚浦主杜坞祖愈堵扈父甫禹羽怒腑拊俯罟赌卤姥鹉拄莽栩娄脯妩虎否麈褛篓偻酤牡谱怙肚踽虏弩诂瞽殳祜沪雇怍缶母某亩蛊琥

八荠

荠礼体米启陛洗邸底抵弟坻涕悌济澧醴诋眯娣棨递昵晲蠡

九蟹

蟹解洒楷拐矮摆买骇

十贿

贿悔罪馁每块汇猥璀磊蕾傀儡腿海改采彩在宰醢铠恺待殆怠乃载凯闿倍蓓迨亥

十一轸

轸敏允引尹尽忍准隼笋盾闵悯菌蚓牝殒紧蠢陨哂诊疹赈肾蜃膑黾泯窘吮缜

十二吻

吻粉蕴愤隐谨近忿抆刎搵槿瑾愌韫

十三阮

阮远晚苑返反饭偃蹇琬沇宛婉畹菀蜿绻巘挽堰混棍阃悃捆衮滚鲧稳本畚笨损忖囤遁很沌恳垦龈

十四旱

旱暖管琯满短馆缓盥碗懒伞伴卵散伴诞罕瀚断侃算款但坦祖纂缎拌懒斓莞

十五潸

潸眼简版板阪盏产限绾柬拣撰馔赧皖汕铲羼见棦栈

十六铣

铣善遣浅典转衍犬选冕辇免展茧辨篆勉剪卷显饯践喘藓软蹇演充件腆跣缅缱鲜殄扁匾蚬岘畎燹隽键变泫癣阐颤膳鳝舛婉辗遭脔辩捻

十七筱

筱小表鸟了晓少扰绕绍杪沼眇矫皎杳窈窕褭挑掉肇缥缈渺淼茑赵兆缴缭夭悄窅佻蓼嬈磽剿晁藐秒殍了

十八巧

巧饱卯狡爪鲍挠搅拗咬炒吵佼姣昂茆獠

十九皓

皓宝藻早枣老好道稻造脑恼岛倒祷捣抱讨考燥扫嫂鸨稿草昊浩镐杲缟槁堡皂瑙媪燠袄懊葆褓茇澡套涝蚤拷栲

二十哿

哿火舸觰舵我拖娜荷可左果裹朵锁琐堕惰妥坐裸跛颇夥颗祸桠婀逻卵那坷爹簸叵垜哆硪么峨

二十一马

马下者野雅瓦寡社写泻夏也把厦惹冶贾假且玛姐舍喏赭洒碬剐打耍那

二十二养

养痒象像橡仰朗桨奖蒋敞氅厂枉往颡强惘两曩丈杖仗响掌党想鲞榜爽广享向餉幌莽纺长网荡上壤赏仿罔说倘魍魉谎蟒漭嗓盎恍脏（肮脏）吭沆慷襁镪抢吭犷

二十三梗

梗影景井岭领境警请饼永骋逞颖颍顷整静省幸颈郢猛丙炳杏秉耿矿冷靖哽绠荇艋艋皿儆悻婧阱狰靓惺打璎并犷眚憬鲠

二十四迥

迥炯茗挺艇梃醒酩酊并等鼎顶肯拯謦到溟

二十五有

有酒首口母妇後柳友斗狗久负厚手叟守否右受牖偶走阜九后叴薮吼帚垢舅纽藕朽臼肘韭亩剖诱牡缶酉苟丑糗扣叩某莠寿绶玖授蹂揉溲纣钮扭呕殴纠耦掊瓿拇姆擞绺抖陡蚪篓黝赳取

二十六寝

寝饮锦品枕审甚廪衽稔懔沈朕荏婶沈葚禀噤谂怎恁饪覃

二十七感

感览揽胆澹淡唅坎惨敢颔撼毯糁湛菡萏嵒槧喊嵌橄榄

二十八俭

俭焰敛险检脸染掩点簟贬冉苒陕谄俨闪剡忝琰弇欦芡崭垫渐罨捡弇崦玷

二十九豏

豏槛范减舰犯湛巉斩黯范

去声(仄，30部)

一送

送梦凤洞众瓮贡弄冻痛栋恸仲中粽讽空控哄赣

二宋

宋用颂诵统纵讼种综俸供从缝重共

三绛

绛降巷撞戆

四寘

寘置事地意志思泪吏赐自字义利器位戏至次累伪寺瑞智记异致备肆翠骑使试类弃饵媚鼻易辔坠醉议翅避笥帜炽莳谊帅厕寄睡忌贰萃穗二臂嗣吹遂恣四骥季刺驷寐魅积被懿觊冀愧匮恚馈贲篑柜暨庇豉莉腻秘比鸷懿詈嗜饲伺遗懿崇值惴彘眦置企渍臂跛挚燧隧悴屎稚雉莅悸肄泌识侍踬为

五未

未味气贵费沸尉畏慰蔚魏纬胃汇谓渭卉讳毅既衣蜚溉翡诽

六御

御处去虑誉署据驭曙助絮著箸豫恕与遽疏庶预语踞倨蓣淤锯觑狙嵚薯

七遇

遇路辂赂露鹭树度渡赋布步固素具务雾鹜数怒附兔故顾句墓慕暮募注住注驻炷祚裕误悟寤戍库护屦诉妒惧趣娶铸绔傅付谕喻妪芋捕哺互孺寓赴冱吐污恶晤煦酤讣仆赙驸媭锢蛀飓怖铺塑愫蠹溯镀璐雇瓠迕妇负阜副富醋措

八霁

霁制计势世丽岁济第艺惠慧币弟滞际涕厉契敝弊毙帝蔽髻锐戾裔袂系祭卫隶闭逝缀翳替细桂税婿例誓筮蕙诣砺励瘗噬继脆睿毳曳蒂睇妻递逮蓟蚋薛荔唳捩粝泥媲嬖彗睥睨剂嚏谛缔剃屉悌俪锲贳掣羿棣螮剃娣说赘憩鳜觑吒谜挤

九泰

泰太带外盖大濑赖籁蔡害蔼艾丐奈柰汰癞霭会旆最贝沛霈绘脍荟狈侩桧蜕酹外兑

十卦

卦挂画懈廨邂隘卖派债怪坏诫戒界介芥械薤拜快迈败稗晒瀣湃寨疥屆蒯䉺赍喝聩块恝

十一队

队内辈佩退碎背秽对废悔诲晦昧配妹喙溃吠肺耒块碓刈

悖焙淬敦塞爱代载态菜碍戴贷黛概岱溉慨耐在鼐玳再袋逮埭赉赛忾暧咳嗳睐

十二震

震信印进润阵镇刃顺慎鬓晋骏闰峻衅振俊舜赆吝烬讯仞迅汛趁衬仅觐蔺浚赈龀认殡摈缙躏廑谆瞬韧浚殉馑

十三问

问闻运晕韵训粪忿酝郡分紊愠近扞拼奋郓捃靳

十四愿

愿怨万饭献健建宪劝蔓券远佽键贩畈曼挽瑗媛圈论恨寸困顿遁钝闷逊嫩溷谆巽褪喷艮揾

十五翰

翰瀚岸汉难断乱叹观干散旦算玩烂贯半案按炭汗赞漫冠灌爨窜幔粲灿璨换焕唤涣悍弹惮段看判叛绊鹳伴畔锻腕惋馆旰捍疸但罐盥婉煅缦侃蒜钴谰

十六谏

谏雁患涧间宦晏慢盼篆栈惯串绽幻瓣苋办谩讪铲绾孪篡裥扮

十七霰

霰殿面县变箭战扇煽膳传见砚院练链燕宴贱馔荐绢彦掾便眷倦羡奠遍恋啭眩钏倩卞汴片禅谴溅饯善转卷甸电咽茜单念昖淀靛佃钿镟漩拣缮现狷炫绚绽线煎选旋颤擅缘撰啹谚媛

忏弁援研

十八啸

啸笑照庙窍妙诏召邵要曜耀调钓吊叫眺少诮料疗潦掉峤徼跳嘹漂镣廖尿肖鞘悄峭哨俏醮燎鹞鹩轿骠票铫

十九效

效教貌校孝闹豹罩棹觉较窖爆炮泡刨稍钞拗敲淖

二十号

号帽报导操盗噪灶奥告诰到蹈傲暴好劳躁造冒悼倒燥犒靠懊瑁燠耄糙套纛潦耗

二十一个

个贺佐大饿过座和挫课唾播破卧货簸轲驮髁磋作做剁磨懦糯缚锉掭些

二十二祃

祃驾夜下谢榭罢夏霸暇灞嫁赦籍假蔗化舍价射骂稼架诈亚麝怕借卸帕坝靶鹧贳炙嘎乍咤诧侘罅吓娅哑讶迓华桦话胯跨衩柘

二十三漾

漾上望相将状帐唱让浪酿旷壮放向忘仗畅量葬匠障瘴谤尚涨饷样藏舫访贶嶂当抗桁妄怆宕怅创酱况亮傍丧恙谅胀鬯脏吭砀优圹纩桄挡旺炕亢阆防

二十四敬

敬命正令证性政镜盛行圣咏姓庆映病柄劲竞靓净竟孟诤更并聘硬炳泳迸横摒阱檠迎郑獍

二十五径

径定听胜罄磬应赠乘佞邓证秤称莹孕兴剩凭迳甑宁胫暝钉订饤锭警泞瞪蹭蹬亘镫滢凳磴泾

二十六宥

宥候就售寿秀绣宿奏兽漏富陋狩昼寇茂旧胄宙袖岫柚覆复救厩臭佑右囿豆饾窦瘦漱咒究疚谬皱逅嗅遘溜镂逗透骤又侑幼读堠仆副锈鹫绉呪灸籀酎诟蔻僽构扣购彀戊懋贸袤嗽凑鼬毷沤

二十七沁

沁饮禁任荫浸谮谶枕噤甚鸩赁喑渗窨妊

二十八勘

勘暗滥啖担憾暂三绀憨澹瞰淡缆

二十九艳

艳剑念验堑赡店占敛厌焰垫欠僭酽潋滟俺砭坫

三十陷

陷鉴泛梵忏赚蘸嵌站馅

入声（17部）

一屋

屋木竹目服福禄谷熟肉族鹿漉腹菊陆轴逐首蓿宿牧伏凤读犊渎牍楝黩毂复粥肃碌骒鹭育六缩哭幅斛戮仆畜蓄叔淑倏独卜馥沐速祝麓辘镞蹙筑穆睦秃縠覆辐瀑郁舳掬踘蹴踀扶袱鹏鹄髑㰤扑匐簌蔟煜复蝠菔孰塾矗竺曝鞠蔌谡簏国副

二沃

沃俗玉足曲粟烛属录辱狱绿毒局欲束鹄蜀促触续浴酷躅褥旭欲笃督赎渌纛碡北瞩嘱勖溽缛梏

三觉

觉角桷榷岳乐捉朔数卓啄琢剥驳雹璞朴壳确浊擢渥幄握学龌龊槊搦镯喔邈荦

四质

质日笔出室实疾术一乙壹吉秩率律逸佚失漆栗毕恤密蜜桔溢瑟膝匹述黜弼跸七叱卒虱悉戌嫉帅蒺侄踬怵蟋筚篥必泌荜秫栉唧帙溧谧昵轶聿诘蜇垤捽苾鬻鹬室芷

五物

物佛拂屈郁乞掘吃讫绂弗勿迄不怫绋沸茀厥倔黻崛尉蔚契屹熨绂

六月

月骨发阙越谒没伐罚卒竭窟笏钺歇突忽袜曰阀筏鹘厥蹶蕨

204 | 诗词写作常识

殁橛掘核蝎勃渤悖字揭碣粤樾鳜脖铓鹁捽猝惚兀讷羯凸咄砝

七曷

曷达末阔钵脱夺褐割沫拔葛阀渴拨豁括抹遏挞跋撮泼秣掇聒獭剌喝磕蘗瘌袜活鸹斡怛钹挬

八黠

黠拔八察杀刹轧戛瞎刮刷滑辖铩猾捌叭札扎帕茁鹘摁萨捺

九屑

屑节雪绝列烈结穴说血舌洁别缺裂热决铁灭折拙切悦辙诀泄锲咽轶噎彻澈哲鳖设啮劣玦截窃孽浙孑桔颉拮撷揭褐缬碣挈抉裦拽爇冽氅迭跌阅餮訾垤捏页阕缺谲鸠撒蟞篾楔惙辍啜缀撤绁杰桀涅霓蜺批

十药

药薄恶作乐落阁鹤爵弱约脚雀幕洛壑索郭错跃若酌托削铎凿箔鹊诺萼度橐钥龠瀹着著虐掠获泊搏藿嚼勺谑绰霍镬莫铎缚貉各略骆寞膜鄂博昨柝格拓铄铄烁灼痄蒻筈芍踱却嚯夒攫醵踱魄酪络烙珞膊粕簿柞漠摸酢怍涸郝垩谔鳄噩锷颚缴扩檡陌

十一陌

陌石客白泽伯迹宅席策册碧籍格役帛戟璧驿麦额柏魄积脉夕液尺隙逆画百辟赤易革脊翮屐获适索厄隔益窄核舄掷责圻惜癖僻掖腋释译峄择摘弈奕迫疫昔赫瘠谪亦硕貊跖鹡磧踖

只炙躅斥夌鬲髂舶珀吓磔拆喀蚱胙剧檗擘栅啧帻簀扼划蜴辟帼蝈刺崻汐藉螯蓦摭褶虢哑绎射

十二锡

锡壁历枥击绩绩笛敌滴镝檄激寂觋溺觅狄荻幂戚鹢涤的吃沥霹雳惕剔砾翟籴偪析晰淅蜥劈甓嫡铄栎阒苆踢迪晳褐逖蜺阒汨

十三职

职国德食蚀色力翼墨殛息熄直值得北黑侧贼饰刻则塞式轼域蜮殖植敕亟棘惑忒默织匿慝亿忆臆薏特勒肋幅仄昃稷识逼克即唧弋拭陟恻测翊淢啬穑鲫抑或匐[屋韵同]

十四缉

缉辑戢立集邑急入泣湿习给十拾袭及级涩楫粒汁蛰执笠隰汲吸絷挹浥悒岌熠茸什苙廿揖煜歙笈圾褶翕

十五合

合塔答纳榻阁杂腊匝阖蛤衲沓鸽踏拓拉盍塌唈盒卅搭褡飒磕榼遢蹋蜡溘邋跲

十六叶

叶帖贴牒接猎妾蝶叠箧惬涉鬣捷颊楫聂摄慑镊蹑协侠荚挟铗浃睫厌餍蹀蹊燮摺辄婕谍堞霎嗫喋碟鲽捻晔躐笈

十七洽

洽狭峡法甲业邺匣压鸭乏怯劫胁插锸押狎夹恰蛱硖掐劄裌眨胛呷歃闸翣

推荐书目

王力:《近体诗格律学》,山西古籍出版社,2003年。
《诗韵》,上海古籍出版社,1983年。
戈载:《词林正韵》,上海古籍出版社,1981年。
耿振生:《诗词曲的格律和用韵》,大象出版社,1997年。
舒梦兰:《白香词谱》,上海古籍出版社,2011年。
余德泉:《对联格律 对联谱》,岳麓书社,1997年。
夏承焘、吴熊和:《读词常识》,中华书局,1981年。
龙榆生:《词曲概论》,上海古籍出版社,1980年。
丘琼荪:《诗词曲赋概论》,中国书店,1985年。
沈德潜:《唐诗别裁集》,上海古籍出版社,1979年。
袁枚:《随园诗话》,人民文学出版社,1982年。
瞿蜕园、周紫宜:《学诗浅说》,当代中国出版社,2014年。
沈祖棻:《唐人七绝诗浅释》,中华书局,2008年。